질문의 시간

글/그림 조민경

목차

우리는 우리 자신의 삶에서 뭔가를 끌어내지요.

삶이 우리의 주된 자원,

어떤 의미에서는 유일한 자원이에요.

- 『엘리자베스 코스텔로』 중, 존 쿠시 -

손을 통해 우리는
시간과 공간의 경험을
직접적으로 형성하며,
세계와 자아의 경계를
구별한다.

| 마르틴 하이데거

1. 비닐봉지를 든 여자
나는 무엇을 움켜쥐고 살 것인가

　내가 살고 있는 동네에는 1년에 두어 번 옷을
갈아입고 희끗한 머리카락을 대충 묶은 채 엉거
주춤한 걸음으로 양손에는 알 수 없는 것들로 가
득 차 있는 비닐봉지를 꼭 쥐고 다니는 여자가
있다. 그 여자는 하루 종일 정처 없이 온 동네를
돌아다니는데 어떤 날은 하루에도 몇 번씩 그 여
자와 마주치기도 했다. 그 여자는 나와 마주칠 때

마다 화가 난 건지, 두려운 건지, 알 수 없는 표정으로 나의 시선을 피해 재빨리 발걸음을 옮겼다. 나는 그 여자를 만날 때마다 비닐봉지에 무엇이 들어있는지 유심히 쳐다보곤 했지만 좀처럼 비닐봉지에서 무언가를 꺼낸다거나 열어두는 법이 없어 비닐봉지 안을 볼 수 있는 기회는 없었다. 나의 비닐봉지에 대한 쓸데없는 호기심은 날로 커져만 갔다.

평소와 다를 것 없는 어느 날 오후, 나는 언제나 그 시간에 해야 할 일을 하고 있었는데 난데없이 밖에서 악다구니 소리가 들려왔다. 비명이라기보다는 울부짖음에 가까운 소리였다. 나는 놀라서 베란다 창문을 열고 소리가 나는 쪽으로 얼굴을 내밀었다. 저 멀리 익숙한 그 여자의 얼굴이 보였고 여자는 두 명의 경찰과 실랑이 중이었다. 경찰들은 여자를 경찰차에 태우려 하고 있었고

여자는 타지 않으려 안간힘을 쓰고 있었다. 분명
히 여자는 자신의 의지에 반한 상황에 처해 있었
다. 도대체 무슨 일로 저 여자를 경찰차에 태우려
고 하는지 알고 싶었지만 알 길은 없었다. 길다면
긴 시간 여자를 보아왔기에 나는 베란다 창문을
닫을 수가 없었다. 그 여자에게 벌어지는 일을 끝
까지 지켜봐야 될 것 같은 알 수 없는 책임감이
들었다. 그들의 계속되는 실랑이를 지켜보다 나는
언제나 여자와 한 몸처럼 붙어있던 비닐봉지가
여자의 손에 없다는 것이 눈에 들어왔다. 비닐봉
지가 없는 여자의 모습은 낯설고 애처로웠다. 심
지어 인생의 의미를 잃어버린 듯 보였다. 여자의
울부짖음은 존재의 이유가 제거된 여자의 절규
같았다. 실랑이는 오래가지 못했고 결국 경찰은
여자를 경찰차에 태워 동네를 빠져나갔다. 경찰차
가 떠난 뒤 다시 동네는 아무 일 없었다는 듯이
일상의 소음으로 메워졌다. 나는 이것이 여자의

마지막 모습일지도 모른다는 생각을 하며 창문을 천천히 닫았다. 그러고는 터덜터덜 거실로 들어와 소파가 꺼지도록 푹 주저앉았다.

여자의 빈손이 계속 떠올랐다. 여자의 비닐봉지를 찾아서 손에 쥐여주고 싶었다. 비닐봉지 안에 무엇이 있을지는 모르겠지만 그저 비닐봉지만으로도 여자는 살아가는 이유를 찾을 것 같았다. 나는 여자에 대한 불편한 책임감이 푹신한 소파가 주는 편안함으로 희석되는 것을 느끼며 한동안 멍하니 앉아있었다. 그러다 내 손을 바라보았다. 그리고 손을 쥐었다 펴기를 반복하며 나는 그 여자처럼 무엇을 움켜쥐고 살아가고 있는지 생각하게 되었다.

손으로 '만져진다'라는 것은 그것이 존재한다는 의미이다. 손으로 '만진다'라는 것은 그것과 관계가 형성되는 것이다. 그것은 이 세상에 존재하는 모든 것이다. 우리는 손으로 세상의 존재를 인식하고 관계를 형성해 나간다. 독일 철학자 하이데거는 『존재와 시간』에서 손의 역할을 중요시하였다. 하이데거의 현존재(인간을 가리키는 존재론적 용어)는 손으로 사물을 경험하고 관계를 맺음으로써 자신의 세계를 만든다고 하였다. 손은 사물이 가진 표상을 넘어 사물이 가진 근원적인 기능을 경험하게 한다. 컵은 손으로 컵을 잡고 무언가를 마실 때, 망치는 손으로 망치를 잡고 못을 박을 때, 연필은 손으로 연필을 잡고 글자를 쓸 때 그 도구의 알맞은 기능을 수행하게 되고 자신의 존재를 드러낸다. 그러한 도구의 존재 유형을 하이데거는 '손안에 있음'이라 불렀다.[1] 손안에 있는 세계는 온전히 실재하는 세계이다.

실재하는 세계 속 사물들은 단지 사물로만 그치지 않는다. 우리는 사물을 통해 사물이 만들어지고 유통되고 판매되는 과정에서 탄생한 수많은 사람들의 세계를 만나게 된다. 예를 들어 서점에서 책을 구입하게 되면 책이 만들어지는 인쇄소의 세계, 책을 쓴 작가의 세계, 책을 파는 서점주인의 세계 등 내가 아닌 타인들의 세계가 모두 책 속에 들어있는 것이다. 하이데거는 이것을 서로가 타인이 되어 세계 안에 함께 있는 것이라고 하였다.

우리는 '손안에 있음'으로 구체적 경험을 하면서 관계를 맺게 되고 세계를 형성한다. 하이데거의 손은 인간이 실존적 질문을 품을 수 있게 한다. 그런데 디지털 사회가 되고 디지털 기기가 발전하면서 하이데거의 손에는 이제 스마트폰이 쥐어졌다. 사물과 사람들은 스마트폰 속 접촉이 사라진 세계로 들어갔다.

스마트폰 속 세상은 손으로 하는 활동이 아니라 손가락으로 하는 활동이다. 디지털이라는 단어는 본래 손가락이라는 의미를 가진 라틴어 digitus에서 나왔다.[2) 더 이상 손으로 만질 수 없는 세계에 우리는 너무도 길들여졌으며, 손가락이 손을 대신하게 되었다.

미디어 이론가 마샬 맥루한은 『미디어는 마사지다』에서 사회는 항상 사람들의 커뮤니케이션 내용보다는 커뮤니케이션을 위한 미디어의 성격에 따라 형성되어 왔다고 하였다. 우리가 하는 말의 형태와 내용은 우리가 사용하는 의사소통 도구의 영향을 받는다[3)는 것이다. 현재의 디지털 시대에서 우리의 의사소통의 형식과 내용은 손가락을 움직여서 사용하는 스마트폰에 강력한 영향을 받고 있다. 재독 철학자 한병철은 『사물의 소멸』에서 스마트폰에서의 디지털 소통은 탈 신체화 되어있다고 말한다. 스마트폰 속 세계에서 타자는 얼굴이 없고 시선이 없고 몸짓이 없다. 육체성의 부재는 커뮤니케이션에서 본질적인 비언어적 신호를 읽을 수 없다는 것을 말하며 이는 온전한 소통을 불가능하게 한다. 더욱이 얼굴 없는 타자는 머뭇거림 없이 손가락으로 집어서 마음대로 처분할 수 있으며 타인을 없애버린 자리에는 자신의 얼굴이 대신 비치게 되었다.[4] 한병철은 디지털 세상 속 사회관계망 서비스에서 우리는 타자와 소통하는 것처럼 느끼지만 사실은 나르시시즘적 자아와 소통하고 있는 것이라고 말한다.

우리는 손가락으로 스마트폰 화면을 건드리면서 세계를 나의 욕구에 종속시킨다.[5] 나에게 저항하는 것들을 쉽게 제거해 버리고 내가 원하는 가상의 공간에서 원하는 사람들하고만 소통한다. 타자는 나와의 다름이 존재해야 하는데 스마트폰 속 타자는 다름이 강탈[6]되어 진정한 타자와의 소통이라고 말하기 어렵다. 또한 디지털 매체에서의 소통은 빠른 속도와 효율성을 중시하기 때문에 우리는 점점 간편하고 짧은 기계 언어에 익숙해져 버렸다. 다른 관점을 지닌 사람들의 논리를 이해하지 못하고 대화가 빈약하고 무신경해졌으며 이성이 아닌 감정 위주의 대화로 후퇴되었다.[7]

우리가 소통에 힘들어하는 것은 실재하는 손으로 만질 수 있는 진짜 타자와의 접촉이 감소하였기 때문이라고 생각된다. 현재 우리의 손에는 스마트폰이 움켜져 있다. 마치 신체의 일부인 것처럼, 그것이 내 몸에서 떨어지거나 멀어지는 것을 부자연스러운 일로 느낀다. 그러나 신체처럼 우리에게 붙어있는 스마트폰은 오히려 우리의 신체 감각을 둔화시킨다.

내가 좋아하는 시간 중 하나는 하루 일과를 마치고 침대에 누워 잠든 아이들의 숨소리를 듣는 시간이다. 아이들의 숨소리를 들으면 오늘 하루도 무사히 보냈다는 안도감과 감사함을 느낀다. 그리고 자는 아이들의 손을 잡는다. 아이들의 손에서 내 손으로 전해지는 온기를 느끼며 나는 내일을 살아갈 힘을 얻는다. 존재의 충만함을 느낀다. 내가 손으로 움켜쥘 수 있는 최고의 것은 사람의 손이다. 그 손은 나에게 살아가게 하는 힘을 준다. 하지만 나 역시 아이들과 함께 있는 시간에 손에 스마트폰을 쥐고 엄지손가락을 열심히 움직일 때가 많다. 스마트폰으로 정보를 검색하고 물건과 음식을 사고 스케줄을 점검하고 예약하는 등 수많은 일상생활의 일들을 처리한다. 이제는 내가 원하지 않아도 스마트폰을 잡을 수밖에 없는 현상이 일어난다. 내가 스마트폰을 사용하는 것이 아니라 스마트폰이 나를 통제하고 있다는 생각마저 든다.

비닐봉지를 든 여자의 손에서부터 시작된 여러 생각들은 결국 나에게 무엇을 움켜쥐고 살 것인가에 대한 질문을 던졌다.

　며칠 뒤, 나는 동네를 이전과 다를 바 없이 쏘
다니는 여자를 다시 볼 수 있었다. 나는 그 여자
의 손에 눈이 갔다. 다행히 그 여자의 양손에는
비닐봉지가 쥐어져 있었다. 여자는 며칠 전 사건
으로 달라진 것은 없어 보였다. 달라진 것은 그
여자와 비닐봉지를 바라보는 나였다. 비닐봉지를
든 여자와 스마트폰을 든 여자. 우리는 닮아있었
다. 나는 여전히 어디를 가든지 스마트폰을 챙겨
다니지만 이전과 다르게 내가 스마트폰을 사용한
다는 것을 인식하며 스마트폰이 내 손이 되지 않
도록 주의를 기울이게 되었다.

　나는 더 이상 여자의 비닐봉지 속이 궁금하지
않았다. 그 대신 여자의 손에 눈길이 갔다. 여자
가 비닐봉지가 아닌 누군가의 손을 잡기를 희망

하게 되었다. 내가 스마트폰을 쥐고 있는 시간보
다 아이들의 손을 잡고 있는 시간이 많아지기를
바라는 것처럼.

죽음을 인식하며 사는 것은

자신의 현재를

맹렬히 느끼는 것이다.

| 아니 에르노

2. 고양이 철학자
나는 삶과 죽음을 어떻게 인식하고 있는가

　햇살은 따사롭고 사람들은 분주히 각자의 일을 해나가고 있는 오후였다. 도로를 달리는 자동차의 엔진 소리와 지저귀는 새소리, 친구들과 이야기하며 걸어가는 아이들의 말소리들이 조화롭게 내 주변을 맴돌았다. 내 눈에 보이는 것들이 어제와 다름없었고 나는 안정감을 느끼며 매일 지나다니는 길을 그날도 지나가고 있었다. 그런데 얼마 지나지 않아 이 모든 평화로운 순간을 깨는 사건이 발생했다.

　신호등이 없는 작은 횡단보도 건너편에서 나는 힘없이 흔들리고 있는 검은 눈동자를 발견했다. 그 눈동자는 천천히 나와의 거리를 좁혀왔다. 나는 그 눈동자에서 눈을 뗄 수 없었다. 흰색 바탕에 검은 점인지 검은 바탕에 흰 점인지 흰색과 검은색이 반반 섞인 고양이가 세상의 부조리를 모두 짊어진 듯이 아주 힘겹게 내 앞으로 걸어오고 있었다. 고양이의 얼굴과 귀는 피부병에 걸려 털이 듬성듬성했고 털색은 바래고 윤기가 없었다. 고양이는 점점 나와 가까워졌고 마침내 횡단보도 한가운데서 눈이 마주쳤다. 순간 나는 현실에 금이 가는 것을 느꼈다. 자신의 무덤을 찾아다니는 듯한 눈동자는 나에게 무엇인가를 말해주고 싶어 하는 것 같았다. 고양이와 나는 짧은 눈 맞춤을

뒤로하고 서로를 스쳐 갔다. 잠시 뒤 찢어지는 듯한 자동차 클랙슨 소리가 들렸다. 혹시, 라는 마음에 재빨리 뒤를 돌아보니 소형 트럭 안의 운전자가 횡단보도를 느릿느릿 건너는 고양이에게 클랙슨을 울리고 있었다. 하지만 고양이는 어떤 소리도 못 들은 것처럼 자신의 속도로 계속 걸어갔다. 마치 가혹한 삶이 가차 없이 클랙슨을 울리며 그의 고통을 아랑곳하지 않는 것 같았다. 모든 것에 처연한 듯한 고양이의 발걸음에서 나는 죽음과 삶이 동시에 걸어가는 것을 보았다. 그런데 이상하게도 그 모습에서 경이로운 생명력이 느껴졌다.

그날 밤 나는 버지니아 울프의 『나방의 죽음』이라는 에세이를 다시 읽고 싶어 책을 펼쳤다.

9월 중순의 어느 아침, 울프는 유리창에 갇힌 한 마리 나방이 유리창을 벗어나려 안간힘을 쓰고 있는 모습을 발견하고는 나방에게서 눈을 떼지 못했다. 그녀는 창밖의 활기찬 세상과는 달리 창에 갇힌 나방의 가혹한 운명과 그 속에서도 자신에게 주어진 몫을 최대한 즐기고자 하는 나방의 열의에서 생명의 진정한 본질을 느끼고 있었다.

마치 세계가 지닌 거대한 에너지의 아주 가늘지만 순수한 한 가닥이 그 작고 연약한 몸속에 밀어 넣어진 듯했다. 그가 유리창을 이리저리 가로지를 때마다, 내게는 활기찬 빛 가닥이 보이는 것만 같았다. 그는 거의 생명 그 자체였다.[8]

결국 나방은 창틀에서 미끄러져 나가떨어지며 다리를 버둥거렸다. 아무도 알아주지 않았지만 나방은 죽음에 맞서 거대한 노력을 하고 있었다. 울프는 그의 항거를 바라보며 다시금 순수한 생명력을 느끼게 되고 나방을 연필로 일으켜 세워 주고자 하다가 연필을 도로 내려놓았다. 아무것도 죽음에 맞설 수 없다고 생각했기 때문이었다.

죽은 나방을 바라보노라니, 그토록 하찮은 적수에 맞선 그토록 큰 힘의 대수롭잖은 승리가 나를 경이감으로 휩쌌다. 조금 전에는 삶이 기이했듯이, 이제 죽음이 기이해 보였다.9)

나는 『나방의 죽음』을 읽을 때마다 유리창에 갇혀 뜻하지 않게 죽음의 덫에 걸린 나방의 운명에서 삶의 부조리함을 느끼는 동시에 죽음을 피하고자 발버둥 치는 과정에서 숭고한 생명력을 발견하게 된다. 오직 살고자 하며, 살아있는 생명이 존재한다는 것을. 죽음에서 떨어지고자 퍼덕이는 나방의 날갯짓을 상상하면 내 심장도 빠르게 고동친다. 나방은 평생 그 순간만큼 온 힘을 다해 삶에 집중한 적이 없었을 것이다. 모순적이게도

31

죽음을 인식할 때 자신이 살아있음을, 존재하고 있음을 극렬하게 느끼는 순간은 없다.

　여기 나방처럼 예상치 못한 죽음을 맞이하게 되는 사람이 있다. 레프 똘스또이의 『이반 일리치의 죽음』에서 이반 일리치 역시 죽음의 공포 속에서 자신의 삶을, 자신의 존재를 진실로 자각한다. 그는 대부분의 사람과 마찬가지로 죽음을 먼 미래로 생각하거나 전혀 신경 쓰지 않는 성공한 판사이며 성실한 가장이었다. 그런데 사소하게 생각했던 낙상사고로 인해 죽음의 그림자가 서서히 그의 삶을 침범하게 된다. 처음에는 불편감을 느낄 정도의 통증이었지만 점차 그 강도가 심해졌다. 치료를 위해 여러 의사를 찾아다니고 약을 복용했지만 소용이 없었다. 그는 신장의 문제인지, 맹장이 문제인지 자신의 신체에 대해 상세히 고찰하며 이리저리 회복 방법을 찾았지만 증상은 더욱 악화되었다. 도대체 뭐가 문제인가? 그렇게 그는 육체적 고통과 정신적 공포를 버텨오다 어느 날 다른 각도에서 이 문제를 보게 된다. 바로 삶과 죽음을 직시하게 된 것이다.

이건 맹장 문제도 아니고 신장 문제도 아니야. 이건 삶, 그리고 죽음의 문제야. 그래, 삶이 바로 여기에 있었는데 자꾸만 도망가고 있어. 나는 그걸 붙잡아 둘 수가 없어.10)

그는 자신이 죽어가고 있음을 깨닫게 되자 절망하고, 분노하고, 슬퍼하며 두려움에 사로잡힌다. 그러나 그것보다 그를 괴롭힌 것은 그동안의 삶이 거짓과 기만으로 무의미했다는 사실을 알게 된 고통이었다. 석 달 만에 그는 병색이 짙어져 병상에 눕게 되었고 언제나 죽음을 인식하게 되었다. 그 시간은 가혹하게 진실된 시간이었다.

그는 죽음으로부터 구원받을 길이 없다는 것을

알면서도 필사적으로 저항했다. 그러나 아무리 온 힘을 다해 발버둥 쳐봐도, 자신이 그토록 두려워 하는 것을 향해 매 순간 점점 더 가까이 다가가 고 있다는 것을 느끼지 않을 수 없었다.[11] 죽음마 저도 익숙해져 버린 이반 일리치는 마침내 죽음 에 대한 두려움에서 해방되며 기쁨을 맞이한다. 그리고는 마지막 말을 내뱉고는 죽는다.

죽음은 끝났어. 더 이상 죽음은 없어.

죽은 뒤에는 아무것도 없음으로 죽음도 없다. 이 반 일리치의 마지막 말처럼 숨이 멎는 순간 죽음 도 끝이 나는 것이다. 죽음은 삶과 함께 있다. 생 명이 탄생한 순간, 죽음도 탄생한다. 버지니아 울 프는 죽음에 저항하는 나방을 보며 살아있는 존 재와 죽어가는 존재의 기이하고도 경이로운 결합 속에서 생명의 에너지를 인식했다. 하지만 대부분의 사람들은 이반 일리치처럼 죽음을 삶 너머에 있는 것으로 생각하기 때문에 삶에서 죽음을 느끼게 되면 발버둥 치며 죽음의 그림자에서 벗어나려 한다. 사람들은 처음부터 생명과 죽음은 함께 있다는 것을 알지 못한다. 만약 사람들이 죽음이 항상 곁에 있음을 인식하고 살아간다면 삶은 더욱 빛나는 생명력을 지니게 될 것이다.

다시 고양이가 떠오른다. 나와 고양이가 눈이 마주쳤을 때 우리는 종을 뛰어넘어 동일한 필멸의 생명체로서 서로를 응시했다. 그 짧은 순간에 고양이가 나에게 해주고 싶었던 말은 이런 게 아니었을까.

우리는 모두 죽음과 함께 살아가는 거야. 죽음은 삶을 빛내주고 제대로 나아가게 하지. 죽음과 속도를 맞춰 걸어야 해. 너무 빨리 걸어도, 너무 늦게 걸어도 안돼. 그럼 죽음이 방향을 잃고 너에게 달려들지 몰라.

그날 본 고양이의 뒷모습은 삶과 죽음에 달관한 철학자 같았다. 고양이가 옮기는 걸음마다 비장미가 흘렀다. 아마도 고양이에게 죽음이 아주 가까이 와있었기 때문이었는지도 모르겠다.

모든 사진은 메멘토 모리이다.

| 수잔 손택

3. 사진의 용도
나는 과거와 작별을 잘하고 있는가

김광석의 <서른 즈음에>라는 노래에는 '매일 이별하며 살고 있구나'라는 가사가 있다. 서른이 되었을 때 이 문장이 머리로 이해가 되었다면 마흔이 넘어서는 마음에 동요가 일었다. 아마 쉰을 넘어서면 사무치게 들리지 않을까 생각된다. 시간은 멈칫하는 순간도 없이 흘러간다. 오늘은 어제가 되고 어제는 과거가 되고 희미한 기억이 되어버린다. 하지만 사람들은 붙잡을 수 없는 순간을 마냥 보내주지 않는다. 기억하고 싶은 순간을 마주하거나 기록하고 싶은 무엇이 나타나면 사진을 찍는다.(사진은 여러 용도로 사용되는 만큼 사진을 찍는 이유도 많다. 이 글에서는 사람들이 자신의 생활 속 순간을 찍는 사적인 사진으로만 한정해서 이야기하고자 한다.) 내가 찍은 사진은 나의 삶에서 기록되어야 할 순간이며 나는 이 순간을 기억하고자 한다는 나의 의지가 담겨있다. 즉, 하나의 사진은 이미 자신이 기록한 사건에 대한 하나의 메시지[12]가 된다.

사람들은 사진을 통해 더 이상 실재하지 않지만 간직하고 싶은 과거를 언제나 쉽게 소유할 수 있다. 과거를 추억하고 기억하는 데 있어서 사진은 어떤 매체보다 탁월하다. 사진을 찍음으로써 사람들은 그 순간을 다시 볼 수 있다는 것에 안

심하게 된다. 수잔 손택은 『사진에 관하여』에서 실제로 사진은 포착된 경험이며, 카메라는 이처럼 경험을 포착해 두려는 심리를 가장 이상적으로 이뤄주는 의식의 도구13)라고 하였다. 존 버거는 『사진의 이해』에서 사진기가 발명되기 전에 사진의 역할을 대신했던 것은 판화, 드로잉, 회화 등이 아니라 좀 더 의미심장한 대답으로 '기억'이라고 말한다. 지금 공간 안에서 사진이 하고 있는 일들이 이전에는 회상 안에서 이루어졌다는 것이다.14) 하지만 기억과 달리, 사진은 의미를 보존하지는 않는다.15) 의미를 지니기 위해서는 이해가 작용해야 하는데 이해는 사진을 보는 우리들의 몫이 된다.

프랑스 작가 아니 에르노의 『세월』에서는 사진에 대한 의미가 부여되고 해석되는 과정을 볼 수 있다. 그녀는 실제 자신의 사진을 매개로 이야기를 풀어나간다. 그녀는 기억에도 없는 자신의 아기 사진부터 무릎에 손녀를 앉히고 찍은 사진까지 지난 온 긴 세월을 사진을 통해 들여다본다. 그 사진 속에는 그녀만 있는 것이 아니라 그녀를 둘러싼 사회와 그 사회 속에서 살아간 사람들의 이야기가 들어있다. 그녀는 삶의 흔적이 찍힌 사진을 다층적으로 해석하고, 이해하면서 사진 속 순간이 과거가 아니라 흐르고 있는 시간 속에 살아있도록 서사를 부여하였다. 사진은 재현이나 모방 혹은 해석이 아니라, 실제로 그 대상의 흔적16) 이기 때문에 사진 그 자체에는 서사가 없다. 그래서 우리는 사진을 볼 때마다 '이 시절은 이랬었지', '내가 이랬었다고?' 등 사진을 보며 지금 시점으로 사진에 의미를 부여한다. 이것은 사진 속 정지된 시간에 다시 생명을 부여하는 의식이다. 그러나 과거의 순간이 사진으로 남아 있다 해도 결국 그 시간은 다시 돌아올 수 없는 순간이고 사진

속 대상도 결코 지금과 같지 않다. 에르노는 『세월』에서 자신의 과거를 다시 불러내 기억하고 의미를 읽어내지만 결국은 그 시간을 떠나보내는 의식을 행한 것이라는 생각이 든다. 즉, 이 의식에는 사진 속 순간에 생명력을 부여하는 동시에 애도하는 작업이 이루어졌다. 프로이트는 애도 작업은 상실의 사랑으로부터 새로운 사랑으로 건너가는 정상적이고 건강한 리비도의 경제학[17]이라고 하였다. 마찬가지로 사진을 통한 애도 작업은 과거의 나를 조금씩 떠나보내면서 동시에 과거의 나에서 지금의 나로 건너가며 내 존재를 인식하는 일이라고 볼 수 있다.

나는 『세월』이라는 책을 읽은 후에 오랫동안 보지 않아 먼지가 소복이 쌓인 나의 사진첩을 펼쳐보았다. 내가 태어났을 때부터 성인이 되기 전까지의 많은 사진들이 두 개의 사진첩에 고스란히

남아 있다. 그런데 두 사진첩에 꽂혀있는 대부분의 사진들은 나의 기억 속에 남아 있지 않았다. 사진을 보면서 나는 '아, 그때 나는 이런 모습이었구나', '이런 일도 있었구나' 등의 식으로 사진에 서사를 부여하였고 사진은 내가 이전에도 '존재했다'는 것을 증명해 주었다.

계속 사진첩을 넘기다가 나는 한 사진을 보고 뾰족한 가시에 찔린 듯 마음이 따끔거렸다. 사진 속에는 생크림 케이크가 상위에 올려져 있고 그 뒤로 생일을 맞은 내가 흰색 강아지를 두 팔로 앉고 거의 무표정한 모습으로 앉아있으며 나의 오른쪽에는 입맛을 다시고 있는 듯한 내 남동생이 앉아있다. 그리고 나와 동생 뒤에는 지금의 내 나이 정도 되어 보이는 엄마가 앉아있다. 아마 이 사진은 아빠가 찍어주셨을 것이다. 그냥 보면 평범해 보이는 생일 기념사진이지만 이 사진 속에 있는 남동생과 강아지는 지금 존재하지 않는다.

그 사실을 직시한 순간 뒤틀어진 시간 속에 갇힌 것 같은 현기증과 함께 슬픔이 나에게 찾아왔다. 행복했던 순간이 담긴 사진을 보며 그 당시의 행복을 떠올리지만 사진은 언제나 슬픔을 기저에 깔고 있다. 사진 속 순간은 다시 돌아올 수 없는 시간이기 때문일 것이다. 수잔 손택은 『사진에 대하여』에서 '모든 사진은 메멘토 모리이다'라고 하였다. 그녀는 모든 것이 급속히 사라지는 오늘날 (그녀가 오늘날이라고 말한 시대에서 50년이 지난 지금은 더 급속도로 모든 것이 사라지고 있다)은 향수를 느낄 수밖에 없는 시대이고 사진이 이 향수를 적극적으로 부추기고 있다고 말한다. 사진은 애수가 깃들어 있는 예술, 황혼의 예술이다. 사진에 담긴 피사체는 사진에 찍혔다는 바로 그 이유로 비애감을 띠게 된다.[18] 이 비애감은 지금은 없다는 상실감을 바탕으로 한다. 이별은 했지만 차마 마음속에서는 보내지 못한 옛 연인의 사진을 바라보듯 우리는 사진을 보며 지나간 순간들을 쓰다듬는다.

　시간이 흐를수록 나의 과거는 점점 희미해져 간다. 몇 가지 큰 사건들만이 스냅사진처럼 순간의 이미지로 각인되었지만 그 기억조차 사실에서 점점 멀어지는 것 같다. 현재는 너무나도 순간이고 미래는 잡히지 않아 공허하지만 과거는 내가 경험한 시간으로 나의 존재를 느끼게 해준다. 사람들은 과거가 기억에서 지워지는 것을 의식적이든 무의식적이든 자신을 상실하는 것처럼 느낀다. 그래서 과거에 집착하고 연연하며 과거가 자신을 지배하도록 내버려 두기도 한다. 우리에게는 과거를 떠나보내기 위한 시간, 과거의 사라짐을 인정하는 시간이 필요하다. 바로 애도의 시간. 그것이 사진이 하는 역할 중 하나이다.

　결국 우리는 잊기 위해 사진을 찍는다. 우리의 과거를 언젠가는 기억 저편으로 보내기 위해서,

애도를 통해 지금의 나로 돌아오기 위해서 그리고 다시 새롭게 살아갈 힘을 얻기 위해서.

나는 오늘도 내 핸드폰에 저장된 몇 해 전에 찍은 사진첩을 보며 당시의 나와 나를 둘러싼 모든 것들을 다시 한번 기억하고 그리워하고 떠나보냈다. 아마 사진이 존재하고 내가 존재하는 한 이 애도의 작업은 계속될 것이다.

그대의 감수성 뒤에는
강력한 지배자가 있다.
그대는 모르는 그 현자의 이름은
'본래의 나'다. 그대의 육체 안에
그가 살고 있다. 그대의 육체가
바로 그 사람이다.

| 니체

4. 몸이 곧 나

나는 나의 몸에 귀기울이고 있는가

　왼손 가운뎃손가락 끝에서 갑자기 통증이 느껴졌다. 손톱 끝 아래에서부터 통증이 느껴지기 시작하더니 점점 통증이 느껴지는 범위가 넓어졌다. 며칠 사이에 손가락 한 마디 전체가 벌겋게 되었고 가만히 있어도 그곳이 아렸다. 무엇 때문에 손가락 한 마디가 이렇게 돼버렸는지 곰곰이 생각해 보니 며칠 전 뜨거운 냄비 손잡이를 맨손으로

잡았던 것이 생각났다. 바로 손잡이를 놓을 수가 없어서 1~2초 정도 뜨거움을 참고 손잡이를 잡고 있었다. 바로 찬물에 열을 식혔고 별다른 통증이 없어 대수롭지 않게 지나쳐버렸다. 그런데 괜찮은 것이 아니었다. 나는 손가락이 덴 것을 알고 그제야 빨간 소독약을 바르고 밴드를 붙였다. 매일 소독약과 화상 연고를 발라주니 통증은 줄어들었고 피부는 딱딱해졌다. 딱딱해진 피부 안에서 새살이 돋아날 예정인 것 같았다. 그런데 이 딱딱해진 죽은 피부가 거슬렸다. 꾹 눌러도 보고 잘근 씹어도 보았는데 아무 느낌이 나지 않았다. 어떤 감각도 느낄 수 없는 이 껍질이 내 신체에 붙어있다는 게 기묘하게 느껴졌다.

어떤 감각보다도 통증은 신체의 존재를 각인시킨다. 그리고 통증이 느껴진 신체는 '나'라는 것을 느끼게 한다. 만약 통증을 느끼지 못하게 된다면 나는 어떻게 될까. 내가 느낄 수 없는 신체를 나의 일부라고 말할 수 있을까.

한센병이라고도 불리는 나병은 신체의 일부가 짓무르고, 무너져서 결국에는 그 부위를 잃게 되는 무서운 전염병이라고 알려져 있지만 사실은 신체가 무감각해져서 그런 증상들이 2차적으로 나타나게 되는 병이다. 나병은 특정 박테리아에 의해 감염이 되는데 감염된 후 꽤 오랜 시간이 흐른 뒤 증상이 나타나며 피부에 이상이 생기다 무감각해지게 된다. 나병 환자들은 감각이 없어진 신체 부위에 상처가 생겨도 인지하지 못한다. 무감각해진 신체는 계속 감염되고 방치되면서 결국에는 해당 신체 부위를 잃어버리게 된다. 나병 환자들은 무감각한 신체를 좀처럼 자신의 일부라고 인식하고 돌보기가 힘들었을 것이다. 만약 지금 내가 감각을 못 느끼는 부분이 손가락 끝의 피부가 아니라 손가락 하나라면, 아니 손 전체라면 어떨까. 신체 부위를 잃어버리지 않도록 노력을 하겠지만 무엇이 '나'인지를 정의한다면 아무 감각도 없이 신체에 붙어있는 손을 '나'로 포함하기란 힘들 것 같다. '나'는 오직 감각을 느낄 때 존재할 수 있기 때문이다. 내가 느끼는 것까지가 자아라고 한다면, 말단 부분의 감각이 없어진 나병 환자들의 자아는 손이나 팔 혹은 다리만큼 줄어드는 셈이다.[19) 결국 나병은 자아를 잃어가는 병이라고 볼 수 있다.

신체적 고통은 정신적 고통을 수반한다. 사람들은 손끝에 생긴 작은 상처만으로도 제대로 손을 움직일 수 없고, 발끝에 난 작은 상처로 인해 제대로 걷지 못하게 된다. 이러한 몸 상태는 기분을 좋지 않게 하고 다른 사유 활동도 할 수 없게 만든다. 몸 상태에 따라 정신의 활동과 능력이 좌우되는 것을 누구나 느껴보았을 것이다.

육체를 정신이 담긴 껍질로 보며 정신과 영혼
에 특권을 부여하는 전통 철학과는 달리 니체는
몸에 관심이 많았다. 니체가 자아를 인식하고 인
간을 이해하는 관점은 일생 동안 통증을 안고 살
아야만 했던 삶과 무관하지 않다. 니체는 인간을
이성적 존재가 아니라 몸적 존재로 이해하고자
하였다. 전(前) 의식적 몸에 관한 사유가 인간을
보다 심층적으로 이해할 수 있게 한다고 주장했
다.20)

　니체는 인간의 의식은 인간과 인간 사이의 의
사소통 필요에 의해 생성되었으며 공동체 무리의
언어와 문화에 영향을 받는 것으로 개인적 실존
에 속하는 것이 아니라고 하였다. 또한 데카르트
명제인 '나는 생각한다'는 의식의 주체를 자아라
고 생각하지만 이러한 생각은 언어의 문법적 사
용에서 비롯된 믿음21)이라 보았다. 언어는 기호와
문법으로 세계를 표상하므로 언어에 의존하여 생

각하는 자아는 세계의 표면에만 도달할 수밖에 없다. 니체는 자아가 사유를 한다고 한 데카르트와는 달리 자아보다 사유 활동이 먼저 존재하였다고 보았다. 만약 사유 활동의 수행자를 말로 표현해야 한다면 의식적 자아가 아니라 전(前) 의식적 자기라고, 다른 말로 표현하면 '몸'이라고 하였다.22) 즉, 의식이나 정신은 몸의 일부분이며 몸이 없다면 존재할 수 없으며 몸적 자기에서 일어나는 다양한 상황들을 자아는 해석하고 언어로 표현하지만 대체로 온전히 의식되지 못한다는 것이다.

보통 우리는 감각과 정신으로 '자아'를 인식하는 것에는 익숙하지만 니체의 주장처럼 자아를 통치하는 '자기(몸적 자기, 전(前) 의식적 자기)'가 있다는 사실은 생소하고 이해하기가 어렵다. 일반적이지 않은 방법으로 이야기하는 니체이기에 더 다가가기 힘들게 느껴지지만 그의 몸에 대한 철학은 자아를, 그리고 인간을 심층적으로 이해할 수 있게 한다.

니체는 몸은 수많은 체계가 동시에 작용하며 끊임없이 생성 소멸하는 복잡한 유기체로서 다양한 힘들이 위계질서 안에 통일성을 이루며 구성되었다고 보았다. 단지 생리적 현상을 유지하는 유기체가 아니라 스스로 사유하는 큰 이성이라고 바라본 그의 몸 철학은 이성을 육체보다 우위라고 생각하는 통념에서 벗어나게 해 준다. 또한 우리가 이성으로 인지하지 못하는 것, 해석하지 못하는 것이 있다는 사실을 알게 됨으로써 이성에 대한 비판적 사고를 할 수 있게 한다.

우리는 자신이 하는 생각하는 그만큼의 세상 속에 살아간다. 그리고 그 세상을 전부로 여긴다. 하지만 우리 몸은 더 많은 것을 알고 있다. 평소 우리는 자아가 설명하지 못하는 수많은 상황들이 몸적 자기에서 일어나고 있는 것을 알지 못한다. 우리는 몸의 지혜에 귀를 기울이고 존중할 필요가 있다. 몸은 우리의 근원이고 역사이기 때문이다.

며칠 후 왼손 가운뎃손가락 끝의 죽은 피부 껍질이 갈라지면서 아래로 분홍빛의 야리야리한 새살이 돋고는 있는 것이 보였다. 하지만 아직 완벽한 상태가 아니었다. 나는 자꾸 죽은 피부 껍질을 이리저리 건드렸다. 결국 그 피부는 제 역할을 다 마치기도 전에 반대편 손에 의해 떨어져 버리고 말았다. 죽은 피부를 제거하기에는 시기상조였는지 나는 다시 통증을 느끼기 시작했고 너무 빨리 그것을 내 신체에서 배제해 버린 것을 후회했다. 후회와 함께 밀려온 통증으로 나는 다친 손가락이 나의 일부분이라는 것을 더 정확하게 인식할

수 있었다. 동시에 내 몸이 하는 위대한 일을 그
르친 것 같아 씁쓸함이 밀려왔다.

사람들이 닭이나 개가 없어지면

열심히 찾으면서

자기 마음을 잃어버리고서도

찾을 줄 모른다.

| 맹자

5. 먼지조심
나의 욕망을 어떻게 다룰 것인가

　먼지는 좀처럼 시선이 머물지 않고 발길이 닿지 않는 곳을 귀신같이 찾아 자신의 은신처를 만들어 몸집을 불려 나간다. 자신의 세를 점점 확장해 가며 당당히 그 공간의 주인 행세를 하는 먼지를 발견하면 나는 화들짝 놀라 재빨리 진공청소기를 가져와 검은 그림자가 되어 누워 있는 먼지를 빨아들인다. 검은 그림자가 진공청소기 속으로 빨려 들어가고 나서야 나는 안도의 한숨을 내쉰다. 하지만 먼지는 내 시선이 사라지자마자 또다시 그 자리에 소리 없이 쌓이기 시작한다. 며칠 방심한 곳에는 역시나 먼지가 버젓이 그 공간을 차지한다. 그런데 먼지는 내 공간을 점령하는 것으로 만족하지 않고 내 마음까지 차지하려 한다. 슬픔 하나, 분노 하나, 불안 하나, 미움 하나, 후회 하나... 나를 괴롭고 어지럽게 만드는 감정의 먼지들이 마음속에 쌓인다. 마음도 매일 구석구석 살피고 빈번히 들여다보지 않으면 어느새 먼지로 뒤덮이게 된다. 물리적인 공간에 쌓인 먼지는 진공청소기로 빨아들이고 걸레로 닦으면 되지만 마음속 먼지를 없애는 일은 어렵기만 하다. 그렇다고 마음에 쌓이는 먼지를 두고 볼 수만은 없는 일이다. 그냥 두었다가는 본래의 내 마음은 사라져 버리고 먼지에 이끌려 살게 될 테니 큰일이 아닐 수 없다.

요즘 내 마음속에는 우울과 불안의 먼지가 쌓이고 있다. 이 먼지들은 세 번째 책을 쓰기 시작하면서 나타났다. 처음에는 무시할 정도였는데 어느새 닦지 않으면 안 될 정도로 쌓이고 말았다. 이 먼지는 나의 욕망에서 비롯되었다. 내가 쓴 글이 인정받고 내 책이 유명해졌으면 하는 욕망. 남들이 알아주는 작가가 되고 싶다는 욕망.

처음에는 그저 쓰고 싶어서, 안 쓰면 안 될 것 같아서 글을 쓰기 시작했다. 내 글을 읽고 공감해 주는 독자가 있었으면 좋겠다는 생각에 첫 번째 책을 만들었지만 '내 글을 책으로 만들어도 될까?'라는 의문이 들었다. 두 번째 책을 만들 때는 '내가 글을 계속 쓸 수 있는 사람인지 독자들로부터 평가를 받고 싶다'라는 생각이 들었다. 그런데 기대 이상으로 내 글을 좋아해 주는 독자들을 만나게 되자 '남들이 알아주는 작가가 되고 싶다'라는 마음이 자라나기 시작했다.

요스타케 신스케의 『있으려나 서점』의 마지막 챕터에는 '어쩌면 베스트셀러가 될지도 몰라'라고 생각하는 다양한 등장인물들이 그려진다. 겉으로는 자신이 쓴 또는 출판한 책의 인기(판매량)에 무덤덤한 모습을 보이지만 속내는 베스트셀러 타이틀에 연연하고 있는 사람들을 보면서 나는 내 마음을 들킨 것 같았다. 책 속에는 이런 장면이 있다.

한 소녀가 길거리에 앉아 자신이 만든 시집을 꺼내놓고 판매를 하고 있고 남자 어른이 지나가며 소녀에게 '이 시집, 전부 혼자서 만든 거니?'라고 묻는다. 소녀는 남자의 질문에 조금은 부끄러운 미소를 지으며 대답한다. '네, 단 한 사람이라도 좋으니까 내 목소리가 닿았으면 해서요.' 남자가 지나간 뒤 소녀는 자신의 책을 두 손으로 꼭 잡은 채 마음속으로는 생각한다. '하지만 혹시 우연이라도 베스트셀러가 되지 않을까….'

마치 내 모습과 같다. 나도 어쩌면, 언젠가는, 운 좋게 베스트셀러 작가가 될 수도 있지 않을까, 라는 기대를 점점하게 되었다. 그런데 문제는 그 기대가 욕망이 되었고 그 욕망 때문에 우울과 불안의 먼지가 내 마음속에 날아들었다는 것이다. 그 불안과 우울의 먼지들이 조금씩 마음속에 쌓이면서 나는 글쓰기가 무서워지기 시작했다. 해결책을 찾아야 했다. 이렇게 쌓이는 감정의 먼지들을 어떻게 다루어야 할지 나는 마음과 관련된 서적들을 찾아보기 시작했다. 수많은 책이 검색되었고 그중 여러 책을 골라 읽었지만 깊은 공감이 가는 책을 좀처럼 만날 수 없었다. 그러다 『내 맘대로 되지 않는 세상에서 살아남고 싶을 때』라는 책을 발견하게 되었다. '내 맘대로 되지 않아' 불안과 우울의 먼지가 자꾸 쌓여가는, 정확히 내 마음속을 표현한 제목이었다. 이 글을 쓴 사람은 로마의 철학자인 에픽테토스였다. 생소한 철학자여서 나는 잠시 주춤했지만 책이 작고 얕아서 고민 없이 읽어보기로 했다. 그런데 책의 첫 장을 읽는 순간, 나의 마음속 먼지들을 사라지게 만드는 문장이 눈에 들어왔다.

자신이 통제할 수 있는 일과 통제 할 수 없는 일을 구분 해라[23)

에픽테토스는 태어났을 때부터 노예였고 꽤 오랜 시간을 노예로 살았다. 그는 자신의 마음, 감정, 생각, 욕망, 혐오 등은 자신이 통제할 수 있지만 자신의 신분, 재산, 건강, 명성, 권력은 통제할 수 없는 영역이라는 것을 노예로 살면서 깨달았다. 신체는 주인에게 예속되어 있었지만 정신만은 자유로울 수 있다는 것을 몸소 체험한 것이다. 그래서 그는 자신이 통제할 수 있는 일과 통제할 수 없는 일의 구분을 매우 중요하게 여겼다. 그는 자신이 통제할 수 있는 것은 자유롭고 제한이 없지만 자신이 통제할 수 없는 것은 종속적이고 제약을 받는다고 하였다. 그래서 자신에게 속한 것이 아니라 남에게 속한 것을 내 것이라 착각한다면 좌절과 후회와 불행 속에서 남을 탓하다 결국 신까지 탓하게 된다[24]고 말했다. 나는 에픽테토스의 말대로 내가 통제할 수 없는 일에 대해 욕망을 품고 있었던 것이다. 나는 나의 생각을 글로 표현할 수 있는 자유를 가지고 있으며 내가 그만두지 않는 이상 계속 글을 쓸 수 있다. 하지만 그글이 독자들에게 어떻게 평가받을지는 내가 통제할 수 없는 부분이다. 그런데 나에게 속해있지 않은 영역을 내가 통제하려고 하니 당연히 괴로운 감정이 계속 솟아날 수밖에 없었던 것이다.

이 책에서 에픽테토스는 통제할 수 있는 영역과 아닌 영역에 대하여 많은 이야기를 하고 있다.

우리가 할 일은 자신이 통제할 수 있는 영역에서 훌륭히 해내는 것입니다. 그래야 자신이 원하는 결과를 얻을 수 있습니다.[25]

원하는 것을 이루지 못했을 때 그것에 실망하고 안 하고는 자신에게 달려있습니다. 그러므로 자신에게 달린 일을 통제하는 능력을 키우십시오.[26]

미래는 자신이 통제할 수 없는 일에 속하므로 절대 좋거나 나쁘다고 할 수 없다는 것입니다.[27]

에픽테토스의 조언들은 마음에 드리웠던 그림자를 걷어낼 수 있게 해주었다. 내가 품은 욕망이 통제할 수 있는 영역의 것인지 아닌지를 구분하니 헛된 욕망을 발견할 수 있었고 내 마음으로부터 그 욕망을 털어낼 수 있었다. 비록 통제할 수 있는 영역인지 아닌지를 명확하게 구분하는 것이 쉬운 일은 아닐지라도 그것을 구분하려는 노력을 하면서부터 먼지는 더 이상 쉽게 마음에 쌓이지 않게 되었다.

이 책의 원제는 '엥케이리디온'으로 고대 그리스어로는 '손안에 든 것'이라는 뜻이며, 또 다른 뜻으로는 '손에 쥐는 칼이나 단검'을 뜻한다. 에픽테토스는 소크라테스처럼 스스로 저서를 쓰지 않았다. 그래서 그의 제자가 스승의 가르침을 책으로 정리하며 '엥케이리디온'이라는 제목을 붙였다. 제자는 어지럽고 혼란한 세상에서 자신을 방어할 수 있는 단검과도 같은 책이라는 것을 말하고 싶었던 게 아닐까? 그렇다면 그의 의도가 정확하게 전달된 것 같다. 단검을 품듯이 나의 마음에도 그의 문장이 품어졌기 때문이다.

그들의 형태에

그들의 존재 이유가 있다.

완벽한 실존이라는 충분한

목적 외에 다른 어떤 목적으로

그렇게 만들어졌겠는가?

| 버지니아 울프

6. 존재와 본질

나는 무엇에 갇혀있는가

"너 T야?"

도대체 무슨 소리인가 궁금해진 나는 인터넷으로 검색을 하고 나서야 그 내용을 알 수 있었다. 몇 해 전부터 유행한 성격유형 검사인 마이어스-브릭스 유형 지표(Myers-Briggs Type Indicator, 이하 MBTI) 속 성격 유형을 나타내는 문자 중 하나를 이용한 밈이었다. MBTI는 4가지 영역 안에 상반된 성격의 지표를 두고(외향(E)-내향(I), 판단(J)-인식(P), 감각(S)-직관(N), 사고(T)-감정(F)) 개인의 성향이 각 영역에서 어느 지표에 가까운지를 평가한 후, 각 영역에서 선택된 4개의 문자를 조합하여 총 16가지 성격 유형을 보여준다. "너 T야?"라는 밈에서 T는 결정방식 영역에서 감정(F)보다는 이성적 사고(T) 경향이 강한 사람을 뜻한다.

MBTI가 이론적으로 많은 허점이 있음에도 불구하고 최근 사람들은 MBTI가 구분해 놓은 성격 유형을 통해 사람들을 설명하고 이해하기를 좋아한다. MBTI가 등장하기 전에도 사람들은 십이지신, 혈액형, 별자리 등 다양한 기준을 통해 성격을 구분하여 설명해 왔다. 왜 사람들은 일정 기준에 따라 비슷한 성질을 묶어 하나의 종류로 만드는 범주화를 좋아할까?

누군가 나에게 '당신은 어떤 사람입니까?'라는

질문을 한다면 나는 나를 어떻게 설명을 해야 할지 당황스러울 것이다. 어제는 영화를 보고 펑펑 울 정도로 감성적인 사람이었는데 오늘은 거래처와의 협상에서 냉철한 판단을 내린 사람이었고, 어느 날은 손가락 하나 움직이지 않은 게으른 사람이었지만 또 다른 날에는 새벽같이 일어나 부지런히 하루를 시작하기도 하는 사람이기 때문이다. 자신을 설명하기 위해 이러한 내용을 주저리 말하기란 곤란하고 듣는 사람도 이해하기 힘들다. 그런데 내 MBTI는 INFP라고 말하면 정의된 INFP 성격 유형이 있으니 자신을 쉽게 설명할 수 있고 듣는 사람도 이해하기 쉽다. 그러나 문제는 나의 고유한 개성들은 MBTI가 정해버린 범주 속에서 제거된다는 것이다.

우리의 의식은 불연속적이고 비구조적으로 흐르지만 이러한 의식은 세계를 인식하기에는 편리하지 않다. 우리는 존재의 개성과 다양성을 제거해 버림에도 불구하고 이것과 저것의 비슷한 성질을 묶어서 범주화하여 세계를 질서 정연하게 정리해 버린다. 그리고 범주화된 것들은 사회구조에 알맞은 본질로 정의된다. 이러한 사회 메커니즘에 적응하여 살고 있는 우리는 메커니즘에서 벗어난 존재를 맞닥뜨리게 되면 괴이함, 불안, 혐오 등의 감정을 느끼게 되고 부조리하다는 생각을 하게 된다.

카뮈의 『이방인』은 우리 사회의 메커니즘, 즉 규정된 본질이 어떻게 작동하는지를 잘 보여준다. 『이방인』에서는 살인죄로 심판을 받는 뫼르소라는 인물이 등장한다. 재판이 시작됐을 때와는 달리 시간이 흐르면서 그의 살인죄 재판은 그의 인간됨됨이를 심판하는 재판으로 변질된다. 왜냐하면 그는 어머니의 죽음에 슬퍼하지 않고, 장례식 다음날 여자친구와 코미디 영화를 보고, 태양 때문에 살인을 했다고 말하는 사람이었기 때문이다.

그를 기소한 검사는 "자기 어머니가 사망한 다음 날 가장 수치스러운 방탕에 몸을 맡겼던 바로 그 사람이, 하찮은 동기에 의해, 평가할 가치도 없는 풍기문란 사건을 해결하겠답시고 사람을 죽였습니다."라고 말한다. 이에 변호사는 "아니, 대체 피고가 어머니의 장례를 치른 것 때문에 기소된 것입니까, 아니면 사람을 죽여서 기소된 것입니까?"라고 항변한다. 결국 뫼르소는 우리가 보편적으로 생각하는 범주를 벗어난 냉혹한 영혼이었기 때문에 사형을 선고받는다. 뫼르소가 말한 살인 이유는 눈을 부시게 한 태양이었다. 하지만 그것은 재판의 배심원들이 살고 있는 범주화된 세계에서는 결코 살인의 이유가 될 수 없었다.

뫼르소는 자신에게 형을 선고한 것은 '인간들의 정의'라고 말한다. 그 정의란 우리가 당연하다고 인식하고 있는 본질이다. 우리 역시 뫼르소를 심판한 배심원들처럼 규정된 본질에 갇혀서 남과 자신을 판단한다. 특히 우리는 사회에서 맡은 역할의 본질에 갇혀서 살기 쉽다.

A는 카페를 운영하는 사장으로 손님이 원하는 음료를 만들어 준다. B는 버스 운전사로 노선을 따라 운행하며 정류장마다 손님을 태우고 내려준다. C는 회사원으로 업무 생산성을 올리기 위해 고심한다. A, B, C에게는 직업적 자아도 있지만 가족 내에서의 역할도 있고 다른 사회활동을 하면서 발생하는 또 다른 역할도 있다. 우리는 하나 이상의 역할을 하며 살아가며 사회 안에서 그 역할이 지닌 본질에 따라 생각하고 행동한다. 그리고 그 역할들로 자신을 정의한다. 그런데 이 모든 역할들이 과연 진짜 그들을 설명해 주는 것일까? 실존주의에서는 '그렇지 않다'라고 말한다. 사람들은 자발적으로 카페 주인, 버스 운전사, 회사원

등의 삶을 선택했고, 자발적으로 그 역할에 주어진 관습을 따른다. 하지만 이것은 선택이지 자신(존재)이 아니다. 그런데 사람들은 사회적 역할과 자신(존재)을 혼동한다. 자신이 선택한 역할 카테고리에 갇혀 자신을 규정하는 것이다. 실존주의는 모든 사회적 자아와 그것에 따른 역할들이 나의 존재를 말해주지는 않는다고 말한다. 궁극적인 나의 존재, 타인과 다른 '나'라는 존재를 설명하지는 못한다는 것이다. 즉, 본질을 결정하는 필연적인 조건은 없다. 우리는 본질에 앞서 존재하며, 본질에 의해 단순화되고 설명되는 존재가 아니다.

실존주의 철학자인 샤르트르는 인간은 스스로를 만들어가는 존재이지 이미 만들어진 존재[28]가 아니라고 하였다. 인간은 존재로서의 가치를 끊임없이 발하고 있다. 이러한 실존주의 시각은 인간을 매우 자유로운 존재로 만들면서도 자기 자신

에 대한 무거운 책임감과 타인도 자신처럼 생각
해야 하는 휴머니즘을 내포하고 있다. 실존주의는
본질적 시각에 사로잡혀서 진정한 내 존재를 잃
어버리지 않게 내가 누가 아닌지를 나에게 성실
하게 질문을 해야 하며, 본질에 가려진 삶의 진짜
모습을 소중히 여겨야 한다고 말한다. 또 그 시각
은 자신을 넘어 타인과 사회로까지 확장해야 한
다고 하였다.

   현재 세계 곳곳에서는 종교가 다르다는 이유로
살상이 이루어지고, 민족이 다르다는 이유로 차별
을 받고, 생각이 다르다는 이유로 억압을 받는 일
이 허다하다. 우리 사회에서도 차별과 혐오가 큰
이슈가 된 지 오래다. 인간이 정의 내린 본질을
이용해 참된 존재를 억압하고, 부정하고, 제거하
는 일이 지속해서 벌어지고 있다.
   '존재가 본질에 앞선다'는 실존주의 구호는 두

번의 세계대전을 치르면서 인간 이성에 회의적이었던 시대에 큰 지지를 얻었었다. 그런데 그 구호가 지금도 유효하고 다시 한번 깊게 생각해 볼 필요가 있다는 생각이 든다. 현재 우리에게는 자신이나 다른 사람의 삶을 대할 때 그 안의 혼란과 다원성과 특이함과 비체계적인 부분을 존중하고 소중히 여기는 태도[29]가 절실히 필요하다.

카뮈는 『이방인』에서 본질에 가려진 삶을 보여주려고 했다. 그는 『이방인』 이후 철학 에세이 『시지프 신화』와 희곡 『칼리굴라』를 선보이며 부조리 3부작을 완성하였고 44세에 노벨문학상을 수상한 최연소 작가가 되었다. 그런데 그는 47세에 거짓말처럼 자동차 사고로 즉사하고 만다. 사고가 일어난 날 카뮈는 낭트에서 파리로 가는 기차 티켓을 끊었지만 지인이 주선해 준 파리로 가는 자동차를 타게 되었다. 그 자동차는 파리로 향하던 중

나무를 들이받았고 차에 타고 있던 4명 가운데 카뮈 혼자 생명을 잃게 된다. '그 자동차를 타지만 않았었다면...', '왜 카뮈만 죽었을까...' 그의 죽음에 대한 사연을 알게 되었을 때 나는 너무도 안타까운 마음이 들었다. 하지만 이렇게 죽어야 한다는 정의된 죽음은 없다. 인문학자 양자오는 『카뮈 읽는 법』에서 인생은 우리가 돌아갈 기차표를 끊었더라도 승용차 안에서 죽지 않는다고 보장할 수 없는 것과 같다고 하였다.[30] 생사의 무상한 부조리성을 꿰뚫어 본 카뮈는 그가 밝혀낸 그 부조리성의 작용으로 '존재가 본질에 앞선다'라는 것을 몸소 보여주며 죽고 말았다.

우리는 당연하게 여겨지는 본질에 둘러싸여 세상을 살아가고 있다. 하지만 그 본질이 당연한 것이 아님을 인식해야 한다. 본질에 갇혀 존재를 잊고 살아가고 있는 것은 아닌지 자신의 삶을 점검해 볼 필요가 있다.

미디어를 통한 모든 소통은
우리의 관계와 인식, 즉 인간의
행동범위를 확장하기 위한
상투어들이다. 이러한 미디어가
만드는 환경은 압도적인 양으로
우리의 집중력을 마비시킨다.

| 마셜 맥루한

7. 창문이 되어버린 사람들
나는 나를 전시하고 있는가

히치콕의 영화 <이창(원제:Rear window)>에서 주인공 제프는 다리를 다쳐 방안에만 있게 되자 무료함을 달래기 위해 자신의 집에서 창문 너머로 보이는 이웃들을 쌍안경과 망원렌즈가 달린 카메라로 몰래 관찰한다. 헐벗은 채 생활하는 무용수, 애정행각을 하는 신혼부부, 병든 아내를 돌보는 남편 등 제프의 이웃들은 누군가 자신을 훔

쳐볼 것이라는 생각을 하지 못한 채 창문을 열어 놓고 자신을 드러낸다. '사람들은 관음증 환자이거나 노출증 환자다'라고 말한 알프레드 히치콕 감독의 말처럼 <이창>의 등장인물들은 누군가를 몰래 관찰하거나 자신을 누군가에게 드러낸다. 보통 '창'은 은유로써 '소통'이라는 의미로 쓰이지만 <이창>에서의 '창'은 소통을 위해 전면에 개방된 창이 아닌 원제(rear window)의 의미처럼 뒤쪽의 숨겨진 눈요기를 위한 비밀스러운 창이다.

'창'은 안에서 밖을 볼 수도 있고 밖에서 안을 볼 수도 있는 투명한 벽이다. 투명하기 때문에 서로의 시선이 오고 갈 수 있지만 벽이기 때문에 그 시선은 의미를 얻지 못한 채 공기 중으로 흩어진다. '창'은 디지털 시대가 도래하면서 디지털 기기 안으로도 들어왔다. 네모난 컴퓨터 스크린은 또 다른 '창'이 되었으며 window(컴퓨터 프로그램)

를 통해 무엇이든지 들여다볼 수 있게 되었다. 시간이 흐르면서 '창'은 점점 작아져 손안으로 들어갔고 언제 어디서나 이동을 하면서 어려움 없이 window 안을 볼 수 있게 되었다. 실재 세상의 거의 모든 것이 window 너머에 전시되어 있다. '창'은 더 투명해졌고 벽의 기능은 허물어져 오고 가는 시선은 감당할 수 없을 만큼 과잉되어버렸다. 그리고 과잉된 시선은 소통을 짧고 얕게 만들었다.

<이창>의 주인공 제프가 21세기에 살고 있다면 그는 쌍안경으로 이웃집 창문을 들여다보는 대신 스마트폰을 들여다볼 것이다. 20세기 제프는 다른 사람들을 몰래 관찰하며 죄의식을 조금 느꼈지만 21세기 제프는 전혀 그럴 필요가 없다. 지금은 대부분의 사람들이 자신을 봐달라고 하기 때문이다. 이제 사람들은 관음증 환자이거나 노출증 환자가 아니라 관음증과 노출증을 함께 가지고

있다고 말하는 것이 맞을 것이다. 자신을 전시하기 위해 애쓰고 다른 사람들을 보느라 시간 가는 줄을 모른다.

한병철의 『투명사회』에서는 전시되는 사회에서는 모든 주체가 스스로를 광고의 대상으로 삼고, 모든 것이 전시 가치로 측정된다고 하였다.[31) 우리는 계속 자신을 광고해야 한다고 부추김을 당해왔다. 자신을 브랜딩하여 매력적인 소비의 대상이 되어야 자본주의 시장에서 살아남을 수 있다는 것을 의심하지 않았다. 그리고 디지털 매체는 그것을 실현할 강력한 수단을 다양하게 제공해왔다. 처음에는 부와 명예를 위해 자신을 알리려는 사람들이 많았으나 이제는 단지 관심을 받기 위해서 자신을 전시하는 사람들이 많아졌다. 전시는 놀이가 되었다. 옷을 입는 모습, 음식을 먹는 모습, 춤추는 모습, 화장하는 모습 등 사회관계망(SNS, Social Network Site) 속에는 수많은 사람들의 모습이 전시되어 있다. 수많은 사람들 속에서 관심을 받기 위해서는 더 자극적이어야 하고 사람들이 공개되기 꺼리는 것까지 노출해야 한다. 즐거워야 할 놀이는 목숨을 건 게임이 되었고 결국 죽음까지도 전시되는 일들이 일어나게 되었다. 심지어 죽는 과정이 생중계되기도 한다.

다시 <이창>으로 돌아가서 영화의 주된 사건을 살펴보면, 시간 때우기로 시작된 제프의 엿보기는 살인사건을 의심할 장면들을 목격하게 되면서 제프의 시선은 단순 관찰에서 감시로 전환된다. 범인으로 의심되는 남자를 감시하고, 증거를 찾기 위해 위험에 노출되면서 결국 자신의 목숨까지 위험에 빠지게 된다. 단순 호기심으로 시작된 일이 결국 가장 자극적이고 비밀스러운 사건을 맞닥뜨리게 되면서 자신을 위험에 빠지게 하는 영화의 전개는 디지털 세상 속 과도한 전시 행위와 소비가 결국 죽음으로까지 연결되고 있는 현상과 닮아있다.

    나 역시 나의 일상에 관련된 것들을 SNS에 노출해 왔다. 주변 사람들이 하는 것을 보고 나도 자연스럽게 시작하게 되었고 재밌기도 했기에 비판적 의식 없이 계속 수많은 이미지들을 SNS에 올렸다. 그러다 나도 자신을 전시하고 전시되지 않으면 불안한 전시 사회에 동참하고 있다는 것을 깨닫게 된 일이 있었다. 몇 년 전쯤 친구가 자신이 아는 사람 중에 항상 속옷을 세트로 입는 사람이 있는데, 그 이유가 갑자기 자기가 죽었을 때 다른 사람에게 후줄근한 속옷을 보여주기 싫기 때문이라는 이야기를 해준 적이 있었다. 당시 그 이야기를 들은 순간 나는 나의 속옷들을 머릿속에 떠올렸다. 세트로 된 속옷이 없는 것은 물론이고 그저 단순하고 평범한 구입한지 몇 년이 지난 속옷들뿐이었다. 속옷 구입이 시급하게 느껴져 나는 보기 좋은 속옷 세트를 몇 개 샀고 얼마 동안 새로 산 속옷 세트를 입고 다니며 뿌듯해했다. 그렇게 속옷을 위아래로 열심히 맞춰 입고 다니다가 어느 순간 나는 왜 죽음을 맞이하는 순간에 남에게 보일 내 속옷을 걱정하고 있는 거지? 나는 왜 죽음이라는 가장 사적인 사건조차 남들의 시선을 의식하며 '속옷도 세트로 입는 단정하고 깔끔한 시체'로 나를 연출하려는 거지? 라는 생각이 들었다.

전시 가치는 무엇보다 아름다운 외양에 달려있다.[32] 그러다 보니 사람들은 외모를 가꾸고 노화를 막기 위해 무척이나 애를 쓰고 남들에게 자신이 어떻게 보일지를 항상 신경 쓴다. 나는 가장 사적이라고 볼 수 있는 죽음의 순간까지 남들의 시선을 의식하며 모든 것을 전시 가치로 측정하는 사회에 무비판적으로 동조하고 있었던 것이다.

스스로 나를 전시 가치로 계산하고 있었다는 사
실이 섬뜩하게 느껴졌다.

　<이창>에서 한 가지 더 짚어 볼 중요한 부분은
감시의 형태를 띠는 제프의 시선이다. 영화 속 등
장인물들이 사는 아파트는 마치 교도소 같다. 각
각의 등장인물들이 사는 집들은 감방처럼 보이고
제프는 그들을 감시하는 교관의 위치에 있다. 방
에 있는 사람들은 자신들을 감시하는 제프를 볼
수 없다. 이는 벤담식 파놉티콘(감옥) 구조를 보
여준다. 벤담의 파놉티콘은 통제탑이 우뚝 서있고
그것을 중심으로 원형으로 빙 둘러 배치된 감방
들이 있으며 각 방들은 벽으로 막혀있어 서로 소
통하지 못한다. 감방의 창문 하나는 중앙탑 쪽으
로 있고 또 하나의 창문은 바깥쪽에 있어 빛이
들어올 수 있도록 설계되어 감시자는 수감자 방
의 구석구석을 볼 수 있다. 반면 수감자들은 통제

탑에서 자신들을 감시한다고 생각을 할 뿐 감시자들을 볼 수는 없다. 즉 시선의 불평등과 권력이 발생된다.

미셸 푸코는 『감시와 처벌』에서 벤담식 파놉티콘은 오직 비대칭과 불균형으로 근대의 권력을 유지하고 통제하는 처벌 방식이라고 하였다. 이 감시체계는 최소한의 노력으로 최대한의 통제를 가능하게 하였고 경제적이고 효율적으로 손쉽게 사람들을 통제할 수 있었다. 디지털 세계 속에서도 파놉티콘은 존재한다. 그러나 이전과는 다른 권력 구조와 통제 방식이 나타난다. 한병철은 『투명사회』에서 중앙통제식 파놉티콘에서는 감시와 처벌 기능이 권력자에게 국한되었다면 지금은 전시에 참여하는 모든 사람들이 권력을 가지고 있으나 그것은 자신도 언제든지 처벌당할 수 있는 반쪽짜리 권력이라고 말한다. 디지털 세계 속에서 전시된 이미지들은 수많은 사람들에게 검열을 받고 오점이 발견되면 즉시 비난의 대상이 되어버린다. 디지털 파놉티콘에서는 사람들 스스로 자기를 전시하고 노출함으로써 파놉티콘의 건설과 유지에 능동적으로 기여[33]하며, 자발적으로 디지털 파놉티콘 안으로 들어가 감시하고 감시당하는 피해자이자 가해자이지만 자유인으로 착각하며 살아가고 있는 것이다.[34]

모든 집들에는 창문이 있다. 우리는 집 안에서 창문을 통해 세상과 연결된다. 날씨를 확인하고 계절의 변화를 보고 창문을 열어 집 안의 공기를 환기시킨다. 그리고 밤이 되면 커튼을 친다. 창문은 불투명한 벽이 되고 집은 온전한 사적 영역이 된다. 하지만 디지털 전시에 빠져 있는 사람들은 창문 앞에 서서 한쪽 눈으로는 쌍안경으로 다른 집 창문 안을 보고 다른 한쪽 눈으로는 창문에 비친 자신의 모습을 본다. 그 창문에는 커튼이 없

다. 더 잘 전시되기 위해 그들은 창문이 더 투명
해지길 바란다. 창문은 점점 투명해지고 창문 앞
에 서 있는 사람도 점점 투명해져 마침내 창문이
되어버린다. 창문이 되어버린 사람은 더 이상 타
인의 시선이 머물지 못하고 통과되는 투명인간이
되고 만다.

나는 지금 어떤 창문 앞에 서 있는 것일까.

시대마다 그 시대에 고유한
주요 질병이 있다.

| 한병철

8. 21세기를 살아가는 방법
나는 시대에 매몰되어 있는가

 20세기의 끝을 20년 남짓 남은 해에 태어난 나는 그 시대의 양분을 먹고 자랐다. 그 시대의 생활양식, 가치관, 사회적 불안과 슬픔 그리고 유머와 농담이 나를 키워냈다. 나는 설익은 나를 키워낸 그 시간이 좋았고 영원하길 바랐다. 그러나 시간은 누구도 막을 수 없는 우주의 섭리였다. 20세기는 조금씩 사라지고 있었고 암울한 예언과

경고, 기술 발달이 가져올 희망찬 미래가 뒤섞인 21세기가 점점 다가오고 있었다.

1999년 12월 31일, 마침내 새로운 세기가 시작되는 순간을 맞이하기 위해 전 세계 사람들이 텔레비전 앞이나 광장에 모여 있었다. 카운트다운이 시작되었다. 10, 9, 8, 7, 6, 5, 4, 3, 2, 1. 21세기 시작과 함께 발생할 것이라는 불안한 예측들은 우렁찬 보신각 종소리와 함께 공기 중으로 흩어져 버리며 마침내 새로운 세기가 시작되었다. 환호하는 사람들과 달리 나는 21세기가 그리 달갑지 않았다. 앞으로의 삶이 녹록지 않을 것을 느꼈던 것일까.

21세기는 컴퓨터 통신 기술 발달이 가속화되면서 모든 것을 빠른 속도로 변화시켰다. 집마다 컴퓨터가 한자리를 차지하게 되었고 사람들의 손에는 휴대폰이 쥐어졌으며 인터넷이 대중화되면서 사람들은 손쉽게 정보를 공유하고 찾을 수 있게 되었다. 새롭고 혁신적인 기술들이 우리의 삶에 계속 등장하고 추가되면서 사람들은 앞으로의 세상은 전에 없던 풍요로운 세상이 될 것이라 믿어 의심치 않았다.

기술 발달은 사회의 패러다임마저 바꿔버렸다. 2010년 독일에서 큰 반향을 일으킨 한병철의 『피로사회』에서는 20세기가 '해서는 안 된다'라는 규율사회였다면 21세기는 누구든지 무엇이든지 '할 수 있다'라는 긍정이 과잉된 성과사회가 되었다고 말한다. 세계는 무엇보다 생산성을 최대로 끌어올리는 것을 중요하게 여기며 생산성 향상을 가로막는 규율, 명령, 금지 등의 부정성을 제거했다. 그 대신 동기부여, 잠재력 향상, 자기 계발, 목표설정 등 개인의 능력이 최대치로 발휘되도록 독려하며 긍정성을 주입시켰다. 긍정성이 과잉된 성과사회에서 사람들은 '할 수 있다'라는 구호를 외치며 스스로를 채찍질하며 살아가는데 그것은 '자유로운 강제'의 모습을 하고 있다. 성과에 도달하지 못하는 것은 구조의 문제가 아니라 개인의 능력이 부족하거나 열심히 노력하지 않았기 때문이라는 인식이 사회에 만연하다. 사람들은 타인이 아니라 자기 자신과 끝없이 경쟁하며 자신을 뛰어넘어야 한다는 강박35) 속에 빠져 '할 수 없음'에 도달할 때까지 자신을 몰아붙이다가 결국 탈진해 버린다. 성과사회에서 사람들은 '자기 자신과 전쟁'36)을 벌이게 된다. 나 역시 변화된 패러다임에 걸맞은 사람이 되기 위해 아등바등 살아야 했다. 빠르게 변화하는 시대 흐름을 놓칠세라 신경을 곤두세워야 했으며 나의 호불호와는 상관없이 세상의 변화에 휩쓸려 가야만 했다. 나는 사회의 일원으로 버젓이 자리 잡기 위해 앞으로, 앞으로만 나아갔다. 성과를 내기 위해, 인정받기 위

104

해, 이 시대의 낙오자가 되지 않기 위해 나를 스스로 소진시켰다. 그러나 나는 내가 그린 이상적 자아에 도달하지 못했고 그것은 피로와 우울 그리고 패배감을 가져왔다. 계속해서 더 많은 생산성을 추구하는 자본주의 경제 시스템 안에서는 누구도 우울증에서 자유로울 수 없다. 한병철은 『피로사회』에서 이 시대에 가장 만연한 감정은 우울이며 우울증은 긍정성의 과잉에 시달리는 사회의 질병[37])으로 봐야 한다고 하였다.

『피로사회』에서는 성과사회가 더 나아가 도핑사회가 될 것이라고 언급한다. 도핑 사회는 생명의 성능을 극대화하기 위해서는 약물도 마다하지 않는 사회이다. 다양한 성분의 주사 바늘들이 신체에 꽂히고 있고 마약이 일상까지 파고드는 위험천만한 작금을 생각하면 이미 우리는 도핑 사회에 살고 있다는 생각이 든다. 도핑 사회는 헉슬리의 『멋진 신세계』속 디스토피아를 생각나게 한다.『멋진 신세계』에서는 사람들에게 인간이 느낄 수 있는 최고의 행복을 느끼게 해주는 '소마'라는 약을 나누어 준다. 깊은 감정과 생각하는 힘을 잃고 사회가 정해준 자리에서 부품으로 사는 사람들은 '소마'를 배급받고 불만 없이 살아간다. 과학 기술이 더욱 고도로 발달하면서 사회의 모든 부분, 생명의 탄생과 인간의 감정까지 관리하게 된다는『멋진 신세계』속 이야기가 예언서처럼 느껴진다.

생각하는 힘을 잃은 채 신경이 마취되어 생명 기계가 되어 살지 않기 위해서는 시대가 요구하는 것들에 '하지 않을 힘'이 있어야 한다. 그것은 사색을 통해 기를 수 있다. 사색이란 어떤 것을 깊이 생각하는 것으로 자기 안으로 들어가는 행위 같지만 실상은 자신을 밖으로 꺼내는 일이다. 사색하는 사람은 자기 자신 안으로 매몰되게 만드는 성과사회의 인간상과 대척되며 생각하는 힘을 마춰시키는 도핑 사회의 마지막 보루다.

21세기가 시작된 지 20여 년이 흘렀지만 나는 여전히 21세기가 낯설다. 20세기의 마지막 밤, 카운트다운이 시작되었던 그 순간부터 지금까지 지나온 모든 시간이 꿈처럼 느껴지곤 한다. 내가 정말로 살아온 것일까. 나는 나도 모르게 성공을 향해 질주하는 21세기 고속 열차에 탑승했고 그 고속 열차에서는 창밖의 풍경도, 옆자리의 타인에게도 관심을 가질 시간과 여유가 허락되지 않았다. 오직 자기 자신만 바라보며 자신 안에 갇혀 있었다. 고속 열차에서 내려야만 했다.

지금의 나는 창밖 풍경을 감상하고 주위를 돌아보기도 하며 사색할 수 있는 열차에 앉아있다. 조급함을 버리고 나의 속도를 찾아 나의 속도대로 가고 있다. 그러다 문득 21세기의 낯섦이 나를 시리게 하는 날이 찾아오곤 한다. 그런 날이면 서랍 속에 고이 간직해 두었던 20세기를 깨워 그 시절로 함께 날아간다. 그곳에는 노는 아이, 상상하는 아이, 심심해하는 아이가 있다. 무엇보다 그 아이는 부정하고 저항하는 능동적인 아이이다. 나는 20세기의 나의 모습에서 21세기를 살아갈 힘을 얻는다. 쌓여가는 21세기가 무너지지 않도록, 21세기를 떠받치고 있는 20세기가 더욱 단단해지도록 오늘도 나는 나의 20세기를 되새긴다.

우리는 결정된 채로 태어나지만

자유로운 상태로

생을 마칠 수 있는

작은 기회를 갖고 있다.

| 부르디외

9. 별과 나 사이
나는 어떤 세상을 선택할 것인가

    별은 반짝반짝 빛나지 않는다. 별빛이 대기를 통과하면서 여러 번 굴절되어 반짝거리는 것처럼 보인다. 별과 나 사이에 있는 공기가 별을 왜곡시키고 있는 것이다. 나는 이 사실을 알고 난 이후 별을 볼 때마다 '별은 원래 반짝거리지 않는다'라는 생각이 가장 먼저 떠오르게 되어 다소 당혹스러워졌다. 별이 반짝거리는 낭만적인 세계가 사라진 것 같아 아쉬운 생각이 든다. 그런데 별의 실체를 알지 못한 채 낭만적인 착각의 세계에 사는 게 나았을까? 아니면 덜 낭만적이고 당혹스러워지더라도 실체를 아는 세계가 나을까? 만약 프랑스 사회학자 부르디외에게 이런 질문을 했다면 별의 실체를 아는 세계가 더 낫다고 대답했을 것이다. 그는 사회 세계에 관해 진실을 말하는 것이 정말로 좋은가? 비밀 없는 사회 세계는 정말로 살만한 곳인가? 라는 질문에 '그렇다'라고 대답하였다.[38] 그는 사회 세계 안에 존재하는 메커니즘을 정확하고 투명하게 인식한다면 그로 인한 문제점들이 사라지거나 개선될 수 있다고 보았다.

부르디외는 사회 세계 안에 은밀하게 작동하고 있는 지배 메커니즘을 몇 가지 개념을 구축하며 예리하게 통찰하였는데, 현재 그의 지적 위세가 사회학분만 아니라 철학, 미학, 인류학, 교육학,

문화연구 심지어 회계학까지 망라하며39) 계속 커져가고 있는 중이다. 나는 20여 년 전 부르디외가 국내에 처음 소개될 무렵 대학교 전공 수업에서 그의 주요 개념들을 처음 접하면서 꽤나 큰 충격을 받았었다. 부르디외가 정립한 개념들은 세상을 바라보는 나의 시각에 큰 변화를 주었으며 지금껏 나의 삶에 영향을 주고 있다.

부르디외의 가장 유명한 개념은 하비투스 (Habitus)이다. 나는 하비투스를 '특정 계급의 체화된 감각'으로 풀이하고자 한다. 하비투스는 어떤 상황에서 의식적으로 행하는 행위가 아니라 특정한 상황에 순간적이고 무의식적으로 발휘되는 체화된 센스라고 할 수 있다. 그래서 하비투스는 오랜 시간에 걸쳐 몸에 배게 되고 쉽게 사라지지 않는다. 또 하나 부르디외의 중요 개념은 자본 (Capital)이다. 부르디외는 사회 권력과 불평등을

재생산하는 자본을 경제자본, 사회자본, 문화자본
으로 나누었다. 소득과 재산으로 알 수 있는 경제
자본과 인맥으로 설명되는 사회자본이 지배 메커
니즘으로 작용하고 있다는 것은 인지하고 있었던
개념이었다. 그러나 문화자본은 생소했다. 부르디
외는 이 문화자본에 대한 연구를 중점적으로 했
다. 그의 가장 유명한 저서인 『구별 짓기』에서는
하비투스(Habitus)의 한 측면으로 문화자본을 다룬
다. 문화자본이란 학위와 같은 공식 자격, 악기를
다루는 실제적 기술, 취향, 예술적 지식 등으로
남과 차별화할 수 있는 능력을 말한다. 『구별 짓
기』에서 부르디외는 지배 계층은 자신의 권력을
유지하고 재생산하는데 피지배 계층이 잘 인식할
수 없는 문화자본을 은밀하게 이용하고 있다고
말한다. 부르디외는 모든 문화적 실천(박물관 관람,
음악회 참가, 독서 등), 문학, 회화, 음악에 대한 선
호도는 교육 수준과 이차적으로는 출신 계급과

밀접하게 관련되어 있음을 발견40)하였으며 문화를 향유할 수 있게 하는 안목은 역사의 산물로, 교육에 의해 재생산된다41)고 하였다. 불평등하게 분배되는 문화자본이 차별적인 이익을 가져다주게 되는 것이다. 당시 대학에 갓 입학한 나는 지배 계층에서 문화자본을 통해 권력을 재생산한다는 사실을 알고 매우 놀랐던 기억이 아직도 생생하다.

2023년 노벨 문학상을 받은 프랑스 작가 아니 에르노의 모든 책의 주제는 '계급'이라고 볼 수 있다. 그리고 그녀의 책 속에는 부르디외의 문화자본 개념들이 잘 나타나 있다. 그녀는 자신의 책에서 아버지와 어머니가 존재하는 노동자 계급에서의 삶과 부르주아 계급이 다니는 사립 여학교를 나와 부르주아 계급으로 이동한 자신의 삶의 괴리를 사회학적 시각으로 서술한다. 그녀는 이러한 글쓰기를 부유하고 교양 있는 세계에 들어갈 때 내려놓아야 했던 유산을 밝히는 작업42)이라고 하였다. 노동자 계급으로 평생 살아간 아버지의 삶을 기술한 『남자의 자리』라는 책 속에는 그녀가 유년 시절 느낀 계급 간의 문화적 괴리감이 언어, 음식, 습관, 의복 등 삶의 모든 순간에 촘촘하게 박혀있음을 알 수 있다.

우리 식구들은 서로 쥐어짜는 어조로 말하는 것 말고는 다른 대화법을 알지 못했다. 정중한 어조는 외부인들에게만 사용했다. (중략) 부모와 자식이 서로를 예절 바르게 대하는 모습은 내게는 오랫동안 신비로 남아 있었다. 또 나는 좋은 교육을 받고 자라난 사람들이 간단한 인사말을 건넬 때에도 극히 부드러운 어조를 사용할 수 있다는 사실을 아주 오랜 시간이 걸려서야 이해할 수 있게 되었다.43)

사회의 실체를 알게 되는 것은 환상을 벗어나

야 하기에 고통스럽다. 그래서 차라리 모르고 사는 것이 낫다는 생각을 할 때도 있다. 특히 결코 사라지지 않을 것 같은 거대한 메커니즘 앞에 나는 무력감을 느낄 때가 많다. 하지만 나와 나의 삶을 결정하는 요인들에 휘둘려 살면서도 자유롭다는 환상 속에 살아가는 것은 가짜의 삶이라는 기분이 든다.

부르디외는 우리의 삶을 결정하는 은밀하고 암묵적인 요인들을 밝혀내었다. 비록 문화자본을 통해 은밀히 권력을 재생산하여 발생하는 문제점들을 드라마틱하게 개선하거나 사라지게 만들기는 힘들다. 하지만 수면 위로 드러내 사람들이 그것의 존재를 인식하게 된다는 자체만으로도 견고한 메커니즘에 균열을 만들 수 있다.

천문학자들은 별의 본연에 가까운 모습을 보기 위해 험하고 높은 산을 오른다. 높은 곳에 있는

얇고 건조하며 고요한 공기가 별을 정확하게 볼 수 있게 해주기 때문이다. 나에게는 반짝반짝 빛나는 별의 낭만적 허상보다는 별은 빛나지 않는다는 사실을 아는 것이 중요하다. 나는 앞으로도 비록 절망스럽고 고되더라도 별과 나 사이에 있는 장막을 걷어내는 수고를 기꺼이 하고 싶다. 사회 세계의 실체를 보기 위해 노력하고 실체에 다가가는 방법을 연구한다면 사회가 주입하는 생각이 아닌 스스로 사유할 수 있는 자유로운 주제가 되어 진짜 삶을 살 수 있을 것이기 때문이다.

웃음은
인간의 가장 큰 재산일지니
용기 내어 울지 말고
웃기를 바란다.

| 라블레

10. 웃는 사람
나는 용기 내어 웃을 수 있는 사람인가

　한때 나는 추리소설에 푹 빠져 있었다. 학교 도
서관 꼭대기 층에 아무도 오지 않는, 구석지지만
햇살만은 따스하게 들어오는 명당자리에 앉아서
추리소설을 읽었다. 대부분 애거서 크리스티의 소
설을 읽느라 시간을 보냈지만 간간이 다른 작가
의 추리소설을 읽기도 했다. 탐정이 등장하여 사
건의 실마리를 좇을 때 함께 추리해 가는 것도

재미있지만 나는 마지막에 범인이 밝혀지면서 범인의 살해 동기와 살해 방법이 공개되는 순간의 짜릿함을 가장 좋아했다. 애거서 크리스티의 주옥같은 작품을 읽으며 매번 전율을 느꼈지만 오랜 시간이 지난 지금까지 나의 뇌리에 가장 인상 깊게 남은 책은 아이러니하게도 애거서 크리스티의 작품이 아니다. 생각지도 못한 살해 동기와 살해 방법이 등장해 한동안 나를 책 속에서 헤어 나오지 못하게 한 추리소설은 1980년 초판 발행 이후 지금까지 전 세계적으로 3000만 부 이상 판매된 움베르토 에코의 『장미의 이름』이다.

* 다음 단락에는 『장미의 이름』 속 범인과 범행 이유가 나옴

『장미의 이름』에서는 수도사들이 연이어 죽는 사건이 발생한다. 죽은 수도사들의 공통점은 아리스토텔레스 『시학』의 두 번째 장인 <희극>을 찾아 읽었다는 것이었다. 실제 아리스토텔레스의 『시

학』에서는 <비극>만 있고 <희극>을 다룬 장은 없다. 이를 두고 후대 사람들은 <희극>에 대한 글을 쓰지 않았다고 보기도 하지만 <희극>을 썼으나 어떤 이유에서 전해지지 않고 있다고 보기도 한다. 이 소설은 후자를 전제로 쓰였다.

소설 속 등장인물인 엄격한 수도사 호르헤는 경건하고 엄숙한 삶을 살아야 하는 수도사들이 웃는다는 것은 죄악이라 생각했다. "웃음이라고 하는 것은 허약함, 부패, 우리 육신의 어리석음을 드러내는 것에 지나지 않아요. 웃음이란 농부의 여흥, 주정뱅이에게나 가당한 것이오."44)라고 말하며, 웃음이 무거워야 할 진리와 규범을 가볍게 만들고 사람을 경박하게 만든다고 생각했다. 그래서 그는 『시학』의 두 번째 장인 <희극>을 읽은 수도사들을 모두 죽이고 만다. 살해 동기는 '웃음에 대한 불안과 공포'였다. 이 소설의 배경은 14세기 중세 시대로 엄격하고 진지한 기독교 문화

가 지배했던 시대였다. 성경에는 웃음이 없다. 신
이 우스꽝스럽게 웃는 모습은 결코 있을 수 없는
일이다. 그러므로 신을 따르며 살아야 하는 인간
이 웃으며 인생을 산다는 것은 있을 수 없는 일
이었다.

시간을 거슬러 올라가 보면 인간의 삶에서 최
초로 웃음을 추방한 자는 플라톤이었다. 정확하게
말하자면 플라톤이 추방한 웃음은 우스꽝스러움
에 의해 발생한 웃음이다. 이 웃음은 악한 형상들
의 모방이며, 자기보다 열등하고 추한 대상을 비
웃고 조롱하는 우월성을 바탕으로 발생한다고 보
았다. 따라서 진지한 철학적 사유에 웃음은 어울
리지도 않고 존재해서도 안 되는 것이었다. 플라
톤의 웃음에 대한 철학은 아주 긴 시간 주류 사
상으로 이어져갔다. 웃음은 변방으로 밀려나 가끔
몇몇 사람들에 의해 언급되는 정도였다. 그러다

추방된 웃음은 르네상스 시대에 인본주의, 개인주의와 함께 화려하게 부활한다. 러시아 문예학의 거장인 미하일 바흐친은 『라블레와 그의 세계』에서 당시 웃음의 부활을 웃음이 민중들에 의해, 민중의 언어로써 위대한 문학의 세계와 당대의 이데올로기 진입에 성공한 것이라고 말하며, 그 덕분에 우리는 보카치오의 『데카메론』, 라블레의 소설들 그리고 세르반테스, 셰익스피어의 희극들과 같은 위대한 작품을 만날 수 있었다[45]고 하였다. 이후 웃음은 우스꽝스러움이라는 고정관념에서 탈피하여, 유머, 농담, 위트로 확장되어 논의되었다.

웃음이 다시 우리 삶 안으로 들어왔지만 웃음은 여전히 진지함보다 덜 중요시된다. 게다가 웃음은 저급하고 진지함은 고급이라는 분위기가 조성되어 있기까지 하다. 코미디 연극과 클래식 공

연을 함께 떠올릴 때 우리의 머릿속에서 이런 고
정관념이 존재하고 있다는 것을 알 수 있다. 웃음
은 21세기에도 여전히 제대로 평가받지 못하고
있는 것 같다.

웃음은 인간의 사고를 자유롭게 하고, 고정관념
에서 일탈을 가능하게 한다. 딱딱하게 굳어버린
생각을 흔들고 다시 생각해 보게 하는 힘을 가지
고 있다. 그래서인지 웃음은 오랫동안 정치적으로
위험하다는 지탄을 받아왔다.[46] 바흐친은 민속적
인 웃음 문화는 권력층의 가치를 전복시키고 모
든 위계질서를 뒤집을 수 있으며,[47] 가장 높은 문
학적 차원에 이르게 하는 동시에 철학적 깊이를
부여하는 창의적 힘[48]이라고 설명한다. 그래서 민
중을 억압하고 통제하는 독재정권이나 전체주의
사회에서는 웃음을 경계한다. 정신분석학자 산도
르 페렌치는 '진지함의 유지는 성공적인 억압이

다'49)라고 언급했다. 웃음기가 쏙 빠진 진지하기만 한 사회에서 살아간다는 건 억압된 사회에서 살아간다는 의미이다.

이처럼 웃음은 사회적인 속성을 띠며 사회적 힘을 가지고 있다. 앙리 베르그송은 『웃음』에서 웃음은 언제나 한 집단의 웃음이라고 할 수 있으며, 다른 사람들과의 합의, 일종의 공동 의식 같은 것을 숨기고 있다고 하였다.50) 즉, 그 사회의 웃음 문화에는 해당 사회의 어떤 가치를 내포하고 있다는 것이다. 그렇다면 지금의 우리 사회는 어떤 웃음이 존재하고 있는지 생각해 보지 않을 수 없다.

타인의 약점을 까발리면서 던지는 비웃음, 감정 노동자들이 모멸감을 느끼면서 짓는 억지웃음, 자신의 처지를 한탄하고 세상을 비관하는 냉소51) 등 건강하지 못한 웃음들이 떠올려진다. 웃고 있을 여유가 없는 사회, 타인을 혐오하는 사회, 서로를 신뢰하지 못하는 사회에서 웃음이 제대로 기능하는 것은 무리일 것이다. 이러한 사회 분위기에서 웃음은 힘든 현실을 잠시 잊게 해주는 휘발성 웃음으로 존재하기 쉽다. 또 인터넷 기술 발달로 사람들은 점점 타인과의 상호작용이 줄어들고 개인화되면서 웃음 역시 공동의 문화를 형성하기보다는 파편화되어 가고 있다. 함께 웃기보다는 혼자 웃는 일이 더 많고 얼굴을 마주 보고 웃기보다는 사각 스크린을 보고 웃는 일이 더 많다. 아무 의미 없이 쉽게 휘발되고 파편화된 웃음만이 생명을 이어간다면 웃음은 또다시 우리의 삶에서 추방될 수 있다.

우리는 사회집단 안에서 살 수밖에 없는 존재이다. 웃음의 사회적 기능을 강조한 베르그송은 웃음은 인간관계를 연결하여 사회를 형성하며 사람들을 사회 안에 머무르게 하는 기능이 있다고 하였다. 하지만 현재 우리 사회의 웃음은 공통된 가치를 내포하지 못하고 세분된 각각의 집단 안에서만 존재하고 있는 것처럼 보인다.

날만 세우고 있는 사람보다 부정적인 상황에도 용기 내어 대담하게 웃어넘길 수 있는 사람이 많은 사회는 더 유연하고 공감 수준이 높다. 하지만 이리저리 둘러봐도 날 선 사람들이 즐비하고 공동의 공감된 웃음은 사라지고 있다. 삶이 각박해지고 있는 건 어쩌면 함께 웃을 일이 점점 사라지고 있기 때문이 아닐까.

지금 우리는 삶을 살아갈 수 있게 하는 가장 강력한 무기를 잃어가고 있는 것일지도 모르겠다.

세상이 비록 고통으로 가득하다
할지라도, 우리에게는 그것을
극복하는 힘 또한 가득합니다.
우리가 최선을 다할 때,
우리의 삶에, 아니 타인의 삶에
어떤 기적이 일어날지는 아무도
모르는 일입니다.

| 헬렌 켈러

11. 타인의 얼굴
나는 타인과 어떤 관계를 맺고 있는가

한여름의 푸르름은 내가 계절 속에 살고 있다는 것을 더 강하게 느끼게 한다. 겨우내 앙상했던 나뭇가지가 언제 그랬냐는 듯 풍성한 잎으로 풍경의 빈틈을 꽉 메워준다. 무엇이든 왕성한 성장을 보이는 이 계절에는 잡초라 불리는 풀 역시 무럭무럭 자라나 금세 화단을 점령한다. 내가 사는 아파트 화단에도 풀들이 넘실댄 지 몇 주째,

더 이상은 곤란했는지 관리소 직원분들이 풀을 베는 기계를 어깨에 메고는 아파트 화단에 나타났다. 곧이어 요란한 기계음과 함께 무성하게 자란 풀들이 베어졌다. 한마디 말도 못 하고 무참히 베어지는 풀들이 땅바닥으로 힘없이 떨어지며 냄새를 풍겼다. 그런데 내가 아는 싱그러운 풀 냄새가 아니었다. 비린내가 났다. 그 비린내는 굉음을 내며 자신들을 향해 돌진해 오는 날카로운 칼날에 무참히 베어지며 마지막으로 쏟아내는 절규의 냄새였다. 풀들은 자신들이 의지와 상관없이 꺾여야 했고 푸르름의 세계에 받아들여지지 않았다. 사방으로 무참히 잘려나가는 풀들은 이 세상에서 자신의 자리를 잃어버린 사람들을 떠오르게 했다.

  사람이 근본적으로 살아가기 위해서는 그 사람이 설 장소가 필요하다. 물리적으로나 정신적으로나 사람은 자신이 편안히 거주하고 밖으로 나갔다가 돌아올 수 있는 곳이 필요하다. 인류학자 김현경은 『사람, 장소, 환대』에서 사람이 된다는 것은 자리/장소를 갖는 것이라고 이야기한다. 그런데 이 세상에는 자신의 자리를 잃어버린 사람들이 얼마나 많은가? 나의 머릿속에 가장 먼저 떠오르는 단어는 난민이다.

2018년 봄, 제주도에 500여 명의 난민들이 발을 디뎠다. 처음으로 한 번에 많은 수의 난민이 우리나라에 도착해서 그런지 사람들의 관심이 높았다. 그런데 얼마 지나지 않아 불안이 급속도로 조장되었고 곧이어 혐오와 배척이 등장하였다. 우리 사회는 난민이라는 단어에는 익숙해져 있었지만 실제로 우리의 장소에 찾아온 난민들에게 자리를 내어주는 일에는 인색했다. 나는 그들에 대한 불안이나 혐오의 감정은 없었지만 그렇다고 절대적인 환대의 마음도 들지 않았다. 그런데 난

민을 받아들이지 못하는 사람은 이타적인 마음이 부족한 것일까? 아니면 정말로 난민들이 우리 사회에 위험한 존재인 것일까? 나는 우리 사회가 보여준 난민에 대한 혐오와 배척에 대해 고민해 보게 되었다. 그러다 난민에 대한 혐오는 개인의 인격에서 온전히 발생하는 것이 아니라 사회구조 속에서 형성된 것이라는 생각이 들었다. 에리히 프롬은 그것을 사회적 성격이라 일컬었다. 사회적 성격이란, 한 개인이나 일부 사람들만이 아니라 동일한 사회, 역사적 조건 속에서 살아가는 대부분의 사람들에게 공통되는 집단 심리를 말한다.52)

에리히 프롬은 최초로 사람을 사회적 존재로 바라본 심리학자이다. 그는 현대 자본주의는 인간의 본성이 실현될 수 없는 병든 사회로 보았으며 현대인을 지배하는 가장 치명적인 감정들로 고립감, 무력감, 권태감53)을 꼽았다. 그리고 이 감정들이 서로 관계하여 4가지 사회적 성격을 형성한다고 하였다. 첫째, 권위적인 힘과 대세를 추종하는 반면 약해 보이는 힘은 공격하는 것. 둘째, 말초적인 쾌락을 지향하고, 셋째, 현실을 회피하며, 넷째, 소유와 소비를 행복의 척도로 판단하는 것이다. 프롬은 현대인이 가진 이러한 사회적 성격은 타인과의 관계, 객관세계(외부세계)와 능동적인 관계를 맺지 못하게 만든다고 하였다. 즉 개인의 (정신) 건강 여부는 개인 자신의 문제가 아니라 그가 속해있는 사회구조에 주로 의존한다54)고 말할 수 있다.

자본주의 사회에서 자신의 자리도 위태로운 가운데 낯선 이에게 자리를 내주는 일은 매우 공포스러운 일이다. 지금은 내 자리가 있더라도 날카로운 칼날에 베인 잡초처럼 내 자리가 사라질지 모른다는 공포는 타인과의 유대를 단절시킨다. 난민에 대한 혐오는 개인의 인격에서 온전히 발생

한 것이 아니라 사회구조 속에서 형성된 것이라
볼 수 있다.

에리히 프롬은 무엇보다 현대인의 고립감, 무력
감 그리고 권태감에서 해방되기 위해서는 사랑을
통해 세계와 연결되어야 한다고 말한다.[55] 여기에
서의 사랑은 '형제애'로 이해할 수 있다. 형제애는
모든 인간에 대한 사랑이다. 이 사랑의 특색은 배
타성이 없다는 것이다.[56] 나는 '형제애'의 다른 말
은 '환대'라고 생각한다. 환대는 타인에게 자리를
내어주는, 타인을 사람답게 살게 해주는 것이다.
현재 우리 사회에는 자리를 잃어버린 사람들이
많다. 철거촌의 소시민들, 하루아침에 일자리를
잃어버리는 사람들, 학대받는 아이들과 버려지는
아이들, 고립된 노인들. 점점 환대와는 멀어지는
사회가 되어가고 있다. 그런데 환대가 없이 건강
한 사회가 유지될 수 있을까?

지금은 타인과의 관계에 대해 깊이 생각해 보고, 타인의 얼굴을 들여다봐야 하는 시간이다. 나는 프랑스 철학자 레비나스의 급진적이며 독창적인 타인에 대한 철학을 다시금 생각해 보았다. 그는 '받아들인 타자가 타인'[57]이라고 하였다. 여기서 타자는 내가 손에 거머쥘 수 없는 초월성, 즉 외재성을 말한다. 그 외재성이 나와 관계를 맺을 때 타인이 된다. 타인은 우리에게 얼굴로 나타난다. 얼굴은 사물이 아니라 상대방을 바라보고, 호소하고, 스스로를 표현한다. 그는 타인의 얼굴에서 '내가 정의로워야 한다는 것을 요구하는 도덕적 힘'이 나온다고 하였다. 그래서 타인에게 관심을 가질수록 나의 책임과 의무에 대한 호소는 커지고 나의 자유는 책임 있는 관심과 헌신으로 전환된다[58]고 말한다.

우리는 언제나 타인의 존재를 경험하면서 살아

가지만 타인의 얼굴을 바라보지 않는 사람들은 타인은 내가 가진 것을 앗아가는 자이며 지옥이다. 그러나 타인의 얼굴을 바라보며 윤리적 관계를 맺는 사람들은 자신의 한계를 초월하고 환대의 주체로 설 수 있다. 그러한 사람은 자본주의 병폐에 매몰되지 않고 자유롭고 독립적인 존재로 타인과 연대할 수 있는 능력을 가질 수 있다. 그러나 연대를 방해하는 요소들이 우리 주변에 너무도 산재되어 있어 타인의 얼굴을 바라보기가 힘들다.

오늘도 풀 비린내가 진동한다. 나는 다시 싱그러운 풀 내음을 맡고 싶다. 그러기 위해서는 타인의 얼굴을 똑바로 바라보고 얼굴이 호소하는 외침을 들을 수 있는 내 안의 용기를 깨워야 한다.

내가 글을 쓰는 이유는
내가 무엇을 아는지를
발견하기 위해서이다.

| 플래너리 오코너

12. 엄마의 글쓰기(에필로그)
나는 계속 글을 쓸 수 있는가

『꽃이 온 마음』이라는 책을 내고 8개월 정도 지났을 즈음 온라인 강의 의뢰가 들어왔다. 5일 동안 하루에 2명씩 10명의 강사가 다양한 주제로 강의를 하는 곳이었다. 강의 대상은 대부분 중년 여성들이었고 주제는 내가 정할 수 있었다. 다른 강의들의 제목을 보니 전부 실용적인 노하우를 전달하고 있어서 나는 무슨 이야기를 해야 될까

무척 고민이 되었다. 나도 글쓰기 노하우에 대해 강의를 해볼까 생각이 들었지만 이제 갓 글쓰기를 시작한 사람으로 노하우도 없을뿐더러 노하우를 말할 위치는 아니라 그 주제는 배제했다. 그럼 독립출판으로 책을 출판하고 판매하는 방법을 이야기해 볼까 생각도 들었지만 그것은 인터넷만 찾아봐도 알 수 있고 강의를 듣는 사람들에게 너무 편협한 주제였다. 결국 나는 고민 끝에 지금의 내 위치에서 가장 진심으로 말할 수 있는 것을 말하기로 결정하고 강의 주최자에게 강의 주제와 제목을 보냈다.

제목: 엄마에서 작가 되기
주제: 왜 엄마들이 글을 쓰는 사람이 되어야 하는가

나는 현재 글을 쓰는 사람이고 글을 써보니 많은 사람들이 공개적인 글을 써봤으면 좋겠다는 마음이 생겼다. 특히 엄마라는 역할을 하고 있는 여성들이 작가가 되기를 권유하고 싶었다.

드디어 강의 날이 되었고 새벽 6시임에도 컴퓨터 스크린 화면 안에는 사람들이 가득 차 있었다. 나는 강의를 위해 제작한 자료를 화면에 띄우고 떨리는 목소리로 내 소개를 한 후 강의 제목과 주제를 어떻게 정하게 되었는지를 설명했다. 그리고 본격적으로 왜 엄마들에게 글쓰기를 권유하고 싶은지 나의 생각을 이야기하기 시작했다.

*

우선 엄마에서 작가가 되어야 하는지를 말하기 위해서는 엄마와 작가에 대한 정의가 필요합니다. 여러분은 엄마는 어떤 사람이라고 생각하세요? 저는 타인의 이야기를 만들어 주는 사람이라고 보았습니다. 반면 작가는 어떤 사람이라고 생각하세요? 저는 엄마와는 달리 자신의 이야기를 만드는 사람이라고 생각합니다.

엄마라는 역할을 좀 더 자세히 들여다보겠습니다. 엄마는 아이를 보살피고 키우는 일을 하는 양육자입니다. 먹이고 입히고 가르치면서 아이가 자신의 이야기를 가지고 자랄 수 있도록 돕습니다. 그런데 엄마로서 역할도 내 이야기를 만드는 것이 아닌가?라고 생각할 수 있습니다. 하지만 자세히 들여다보면 '엄마'라는 단어는 홀로 설 수 없습니다. 엄마가 되려면 아이가 있어야 합니다. 그래서 엄마는 결국 양육자이지 '온전한 나'가 아닙니다. 다시 말하면 엄마는 내가 아닌 '엄마라는 역할을 하는 '나'입니다.

나무를 생각해 보겠습니다. 나무가 땅 위에서 살아가기 위해서는 튼튼한 뿌리와 나무 기둥이 있어야 합니다. 여러 가지가 뻗어 나가고 공기와 햇빛, 물을 양분 삼아 잎이 나고 꽃이 핍니다. 나무 기둥이 '나'라고 생각하면, 자신의 세계를 구축하고 살찌우는 사람은 깊은 뿌리를 내리고 튼튼한 기둥을 가지게 됩니다. 가지는 우리가 수행하고 있는 많은 '역할'입니다. 엄마, 딸, 아내, 친구, 동료, 선배, 후배 등 관계의 위치를 나타내기도 하고, 선생님, 학생 등 사회적 지위를 말할 수도 있습니다. 그리고 공기와 햇빛, 물 등은 나를 둘러싼 외부세계로 볼 수 있습니다.

우리는 수많은 역할을 현재 수행하고 살아가고 있습니다. 엄마도 그중의 하나이고 아마 자녀의 나이가 어릴수록 그 역할이 차지하는 비중이 높을 것입니다. 아이가 있다면 어쩌면 우리 생애에 엄마라는 가지가 항상 큰 비중을 차지할 것입니다. 그래서 엄마라는 가지를 나무 기둥으로 착각하기 쉽습니다. 하지만 나무 기둥은 엄연히 자기 자신이어야 합니다.

이제 작가에 대해서 생각해 보겠습니다. 작가는 좁은 의미로는 창작활동을 하는 사람입니다. 화가, 소설가, 사진가, 조각가, 만화가 등 창조성을 발휘해 결과물을 만드는 사람입니다. 넓게 정의하자면 내면세계를 탐구하고 외부세계를 인식하여 두 세계를 연결하여 자신의 세계를 구축하는 사람입니다. '엄마에서 작가 되기'라는 강의 제목의 작가는 넓은 의미의 작가를 말합니다. 그럼 넓은 의미에서의 작가에 대해서 좀 더 설명해 보겠습니다.

넓은 의미의 작가가 된다는 것은 자신의 세계관을 만든다는 의미입니다. 아마 세계관이라는 단어를 들어보셨을 것입니다. 이 작가의 세계관은 어떻고, 저 작가의 세계관은 어떻고…. 세계관은 삶의 관점, 철학을 말합니다. 세계관을 세우고 있다면 외부세계 즉, 타인이나 사건이나 시련 등에 의해 흔들리지 않습니다. 또 외부세계에 의해 자신이 설명되지 않습니다. 뿌리 깊은 나무가 되는 것을 말합니다. 남들이 함부로 도끼로 찍을 수 없는 사람이 되는 것입니다. 이런 세계관을 만들기란 시간과 노력이 들기 마련입니다. 하지만 나를 알고 나답게 살아가기 위해서는 꼭 필요한 작업이라고 생각이 듭니다.

인간이 물질세계는 탐사하면서 스스로에 대한 탐사는 하지 않으려 한다.

작가 조지 오웰이 한 말입니다. 그는 자신의 내면을 탐사하기 위해 파리 빈민가와 런던 부랑자들의 극빈 생활을 실제로 체험을 하기까지 했습니다. 내면의 탐구는 결국 외부세계에 대한 탐구로 이어졌고 그는 깊은 사색과 경험을 통해 구축한 자신의 세계관을 글로 썼습니다. 조지 오웰은 자신의 사회 정치적 세계관을 담아 계급주의, 전체주의 등을 풍자하는 『동물농장』과 『1984』라는 명작을 남겼습니다.

우리는 조지 오웰처럼 자기 세계관을 구축하기 위해 노력해야 합니다. 자신 세계관이라는 큰 기둥을 세워놓으면 삶의 많은 부분이 명료해집니다. 예를 들어 교육관을 세운다면 아이 교육에 있어서 불안하지 않을 것입니다. 누구는 어디 학원을 다니고, 누구는 무엇을 한다더라 등 이런 이야기를 들으면 우리 애들도 해야 되는 것이 아닌지 괜히 불안해지고 갈팡질팡하거나 남들 따라 이것저것 다 시키게 됩니다. 하지만 확실한 교육관이 있으면 그 교육관에 따라 아이들을 어떻게 키울 것인지를 중심을 잡을 수 있습니다. 자기 세계가 잘 구축되어 있다면 좀 더 인생이 만족스러워질 수 있습니다. 넓은 의미에서의 작가가 왜 되어야 하는지는 어느 정도 동의하셨을 거라 생각됩니다.

그럼 어떻게 세계관을 만들어야 할까요? 일상적인 활동이 아니라 창조적 활동을 하여야 합니다. 창조적 활동이란 무에서 유를 만든다는 개념보다 우리 앞에 주어진 여러 가지 재료들을 이리저리 살펴보고 선택하여 잘 연결하고 버무려서 새로운 것을 만드는 것을 말합니다.

예를 들어 비빔밥과 건축물을 비교해 보겠습니다. 비빔밥은 다양한 재료들을 섞어서 만듭니다. 그런데 결과물은 새로운 것이 아니라 그냥 각자따로 먹어도 되는 것을 섞어 먹는다는 것일 뿐입니다. 나물은 그대로 나물이고 밥은 그대로 밥입니다. 재료들이 연결되지 않습니다. 이번에는 건축물을 한 번 생각해 보겠습니다. 건축물도 다양한 재료들이 섞여 있습니다. 벽돌, 시멘트, 철기둥, 나무 등 다양한 재료들이 필요합니다. 그런데 비빔밥과는 뭐가 다를까요? 바로 다양한 재료들이 서로 연결되어 하나의 새로운 건축물이 만들어진다는 것입니다. 건축물 안의 재료들의 성질은 그대로이지만 서로 연결되어 전혀 다른 결과물을 만들었습니다. 즉, 창조적 활동은 건축물과 같은 것입니다. 이 활동이 나의 깊은 내면과 연결되는 가? 이 활동이 나와 타인을 연결시키는가? 그리고 그 연결로 새로운 세계가 탄생하는가? 창조적 활동의 핵심은 연결입니다.

창조적 활동의 예로 독서 모임을 들어보겠습니다. 독서 모임 통해 여러 사람과 함께 책을 읽고 그 책에 대한 이야기를 합니다. 나는 그 책을 다양한 관점으로 바라볼 수 있게 되고 그 관점을 통해 다시 나만의 관점을 만들게 됩니다. 독서 모임을 하지 않더라도 독서를 통해 얻은 생각이나 느낌을 다른 행동으로 옮긴다면 창조적 활동이 될 수 있습니다. 단순히 책만 읽고 끝내는 것은 창조적 활동이 아닙니다. 내가 창조적 활동을 하고 있는가? 라는 궁금증이 드시면 '연결'이라는 단어를 떠올려 보시기 바랍니다. 그리고 어떤 일을 창조적으로 만들고 싶을 때도 '연결'을 생각해 보시기 바랍니다.

여러분은 여러 방법으로 창조적인 활동을 할 수 있습니다. 그림을 그리거나 악기를 연주할 수도 있습니다. 수많은 창조적 활동 중에서 저는 여러분에게 글쓰기를 권유하고 싶습니다. 그럼 창조적 활동으로, 나의 세계관은 구축하는데 왜 글쓰기가 좋은가? 라는 궁금증이 생기실 것입니다. 세 가지 키워드로 왜 글쓰기인지에 대해 이야기해 보겠습니다.

1. 언어

산다는 것은 언어를 갖는 일이며 언어는 존재의 집이다.

    독일의 실존주의 철학자 하이데거가 한 말입니다. 언어가 없이 우리가 살아갈 수 있을까요? 좀 더 철학적으로 말한다면 존재할 수 있을까요? 우리는 언어로 만들어진 세상에 살아가고 있습니다. 언어로 설명되지 않는 것이나 현상들은 세상에 존재하고 있지 않은 거나 마찬가지입니다. 우리는 언어로 사고하고 이해할 수 있으니까요. 언어는 존재의 집이기에, 우리는 존재하기 위해 언제나 이 집에 머물러야 합니다.

무엇이든 말로 바꾸어 놓았을 때 그것은 온전한 것이 되었다.

    많은 여성분들이 좋아하는 버지니아 울프가 한 말입니다. 그녀는 언어로 표현하면 불안, 고통, 두려움에서 벗어나게 된다고 했습니다. 저는 여기서 온전하다는 단어가 글쓰기를 잘 설명해 준다고 생각을 했습니다.

여러분도 글로 적으면 내가 느끼는 감정, 내가 겪고 있는 상황들이 명확하게 보이게 되는 경험 해 보셨을 것입니다. 머릿속에 떠돌아다니는 생각 을 적으면 정리가 되기도 합니다. 저는 첫아이를 낳고 너무나 복잡한 감정에 휘말렸는데 글을 쓰면서 극복을 할 수 있었습니다. 제가 느끼는 감정과 생각을 잃지 않기 위해 썼고, 나와 타인에 대해 깊게 생각해 보는 기회가 되었습니다. 그래서 글을 계속 써야겠다는 결심도 하게 되었습니다.

언어를 이용해 글을 쓴다는 것은 결국 나와 세상에 존재하는 것들을 탐구해야만 하는 일입니다. 언어를 도구로 사용하는 글쓰기만큼 이 세상에 존재하는 것들을 온전히 드러낼 수 있는 것은 없다고 생각합니다. 그래서 글쓰기가 나와 세계를 가장 심도 있게 탐구할 수 있는 방법이라고 말씀

드리고 싶습니다.

2. 이야기

글쓰기는 이야기를 만드는 것이라 말할 수 있습니다. 소설, 수필, 전기, 르포르타주, 여행기 등 다양한 글쓰기 형식이 있지만 공통점은 모두 존재하는 것들의 삶을 드러냅니다. 여기서 존재하는 것이란, 인간은 물론이고 동물, 식물, 사물들까지 존재하는 모든 것을 말합니다. 모든 것이 소재가 되고 그것에 관해 글을 쓸 수 있습니다. 그리고 사람들은 모든 소재의 이야기를 갈구합니다. 우리는 세상에 던져졌기에 살아가면서 계속 도대체 삶이 무엇인지, 어떻게 살아가야 하는지 질문을 할 수밖에 없는 운명입니다. 과거의 사람들은 어떻게 살아갔을까, 현재 다른 사람들은 어떻게 살

아가는지 궁금합니다. 인간의 삶뿐만 아니라 동물
과 식물, 사물들의 생애에서도 그 답을 얻고자 합
니다. 그래서 우리는 끊임없이 이야기를 갈구하게
되고 이야기 속에서 힌트도 얻고 위안도 받고 해
결책도 찾습니다. 이야기는 아주 오래전부터 지금
까지 이어져 내려오고 있고 인간이 사라지지 않
는 한 소멸할 수 없는, 불멸의 것입니다. 그런데
우리는 이야기를 듣고 싶어 하는 만큼 우리의 이
야기를 하고 싶어 합니다. 자신이 본 것, 들은 것,
자신의 감정을 이야기하고 싶어 합니다. 글쓰기는
그런 인간의 원초적 본능인 이야기를 생산하는
활동입니다. 그 욕구를 해소하면 카타르시스가 느
껴지기도 합니다. 무엇보다 글을 쓰면 자신의 이
야기를 자신만의 속도로 꺼낼 수 있습니다. 글은
말과 달리 자기 속도로 이야기를 할 수 있다는
매력이 있습니다. 우리가 말을 하고 나면 꼭 후회
되는 말이 생기고, 내 생각과 다른 말도 하게 되

고, 하고 싶은 말은 못 하게 되는 일이 많습니다.
그런데 글은 충분히 생각하고 다시 생각하고 또
썼다 지우기를 반복할 수 있기에 말보다 진짜 자
신의 마음과 생각을 잘 드러낼 수 있습니다. 남의
시선이나 분위기에 영향받지 않고 자신의 속도로
이야기할 수 있는 장(場)입니다. 그래서 심도 있
게 구체적으로 이야기할 수 있습니다. 이렇게 이
야기는 존재하는 것들의 삶을 가장 흥미롭고 구
체적으로 드러낼 수 있는 표현방식입니다.

3. 연결

글은 강력한 연결/연대/공감을 이끌 수 있습니
다. 작가 리베카 솔닛은 '이야기는 직조된다'고 말
했습니다. 저는 이 문장이 참 마음에 와닿았습니
다. 이야기가 실처럼 우리들을 연결하고 그 실이

서로를 지나가면서 세상이라는 어떤 패턴이 있는 천을 만든다는 뜻으로, 우리가 모두 서로 연결되어 있다는 것입니다. 바로 이야기를 통해서요.

우리가 글을 읽게 되면 그 글 속의 이야기가 우리 자신의 이야기가 됩니다. 또한 그 글을 읽은 많은 사람들이 연결되고 연대되어 공감을 느끼게 됩니다. 더 나아가 함께 같은 목표를 향해 움직이게 만들기도 합니다. 앞서 창조적 활동의 핵심은 '연결'이라고 말했는데요. 바로 글쓰기의 핵심도 '연결'이라고 말할 수 있습니다. 그러니 글쓰기 자체가 창조적인 활동에 꼭 맞는 활동이라 말할 수 있습니다.

글쓰기는 나와 세상을 연결하는 일입니다. 사실 우리 삶에 가장 중요한 것이 서로 연결되는 것이 아닐까요? 그리고 이 시대에 가장 요구되는 일이기도 합니다. 서로 공감하고 함께 해야 하는 일이 너무 많다고 생각합니다. 글의 힘은 강력한 연대를 만듭니다.

지금까지 말한 강의 내용을 다시 상기해 보겠습니다. 엄마의 세계가 아닌 자신의 세계를 만들자, 글쓰기는 자신의 세계를 만드는 가장 좋은 방법이다. 그 이유는 언어라는 도구로 이야기를 만들어 세계를 연결하는 강력한 힘을 가지고 있기 때문입니다. 한 분이라도 이번 계기로 글을 쓰시게 된다면 좋겠습니다. 글을 써보게 되면 오늘의 이야기가 더 와닿을 것입니다. 혹시 여러분이 지금 무엇을 해도 허무하고 채워지지 않는 느낌을 받고 있다면 반드시 글을 쓰시라고 하고 싶습니다. 아마 그것은 자신을 만나지 못했거나 타인을 내 세계와 연결하지 못해서일 가능성이 크기 때문입니다. 그리고 무엇보다 엄마들이 글을 쓰면 더 나은 세상으로 변할 것이라 믿습니다. 엄마들은 공감 능력이 누구보다 뛰어나고 아이들을 사랑하는 만큼 세상을 사랑할 수밖에 없으니까요.

마지막으로 여성이 글을 쓰기 위해서 자기만의 방과 돈을 소유하라고 말한 버지니아 울프의 글을 읽고 강의를 마치겠습니다.

나는 여러분에게 아무리 사소하거나 아무리 광범위한 주제라도 망설이지 말고 어떤 종류의 책이라도 쓰라고 권할 것입니다. 무슨 수를 써서라도 여행하고 빈둥거리며 세계의 미래와 과거를 사색하고 책들을 보고 공상에 잠기며 길거리를 배회하고 사고의 낚싯줄을 흐름 속에 깊이 담글 수 있기에 충분한 돈을 여러분 스스로 소유하게 되기를 바랍니다.[59]

*

첫 강의를 한 지 1년이 지났다. 1년 동안 집안

일과 아이들을 돌보느라 한 글자도 쓰지 못하는 날도 많았고 내가 쓴 글을 읽고 내 능력을 한탄하며 한동안 글을 쓰고 싶지 않기도 했다. 내가 글을 계속 쓸 수 있을까? 라는 질문이 나를 우울하게 하기도 했다. 하지만 그때마다 나는 계속 글을 써서 온전한 나의 삶을 지켜내야 한다는 다짐과도 같은 이 강의 노트를 들여다보았다. 그리고 다시 용기를 내어 글을 쓸 수 있었다.

나는 온전한 나로서 나의 세계를 구축하고 외부와 연결되기를 원한다. 그러한 나의 열망은 여러 질문을 낳게 되었고 질문에 대한 나의 생각을 글로 쓰게 되었다. 정리된 생각들이 정답이라고 말할 수 없지만, 답을 찾아가는 과정이 나의 세계관을 구축하고 삶을 성실히 살아가기 위해서 필요한 일이라는 것은 확실하다. 앞으로도 나의 질문은 계속될 것이고 질문이 계속되는 한 나는 글

을 쓰게 될 것이다. 그리고 삶을 계속 살아가게
될 것이다.

참고문헌

1. 비닐봉지를 든 여자

1) 하이데거, 『존재와 시간』, 살림, 2008, p.69
2) 한병철, 『투명사회』, 문학과 지성사, 2014, p.164
3) <뉴필로소퍼 vol.1>, 바다출판사, 2018, p.19
4) 한병철, 『투명사회』, 문학과 지성사, 2014, p.150
5) 한병철, 『사물의 소멸』, 김영사, 2022, p35
6) 같은 책, p.36
7) <뉴필로소퍼 vol.1>, 바다출판사, 2018, p.24

2. 고양이 철학자

8) 버지니아 울프, 버지니아 울프 산문선4 『존재의 순
   간들』, 열린책들, 2022, p.161
9) 같은 책, p163
10) 레프 똘스또이, 『이반일리치의 죽음』, 열린책들
    창립 35주년 기념판, 2021, p.69
11) 같은 책, p.118

3. 사진의 용도

12) 제프 다이어 엮음,『존 버거의 사진의 이해』,
    열화당, 2015, p.32
13) 수잔 손택,『사진에 관하여』, 도서출판 이후, 2005,
    p18
14) 제프 다이어 엮음,『존 버거의 사진의 이해』,
    열화당, 2015, p.65
15) 같은 책, p.66
16) 같은 책, p.65
17) 롤랑 바르트,『애도일기』, 이순, 2012, p.269
18) 수잔 손택,『사진에 관하여』, 도서출판 이후, 2005,
    p.35

4. 몸이 곧 나

19) 레베카 솔닛,『멀고도 가까운』, 반비, 2016, p.155
20) 이상엽,『현대유럽철학연구』, 제51집, <니체의 몸과
    자기, 그리고 예술생리학>, 2018, p.91
21) 같은 논문, p.97
22) 같은 논문, p.97

5. 먼지조심

23) 에픽테토스,『내 맘대로 되지 않는 세상에서 살아
    남고 싶을 때』, 이소노미아, 2022, p.18

24) 같은 책, p.19
25) 같은 책, p.71
26) 같은 책, p.49
27) 같은 책, p.99

6. 존재와 본질

28) 장 폴 사르트르, 『실존주의는 휴머니즘이다』,
   이학사, 2008, p.74
29) 양자오, 『까뮈 읽는 법』, 유유, 2022, p.235
30) 같은 책, p.118

7. 창문이 되어버린 사람들

31) 한병철, 『투명사회』, 문학과 지성사, 2014, p.32
32) 같은 책, p.34
33) 같은 책, p.95
34) 같은 책, p.95

8. 21세기를 살아가는 방법

35) 한병철, 『피로사회』, 문학과 지성사, 2012, p.101
36) 같은 책, p.28

37) 같은 책, p.28

9. 별과 나 사이

38) 피에르 부르디외, 로제 샤르티에, 『사회학자와 역사
학자』, 킹콩북, 2019, p.56
39) 이상길, 『아틀라스의 발』, 문학과 지성사, 2018,
p.10
40) 피에르 부르디외, 『구별짓기』, 21세기총서, 2005,
p.21
41) 같은 책, p.25
42) 아니 에르노, 『남자의 자리』, 1984BOOKS, p.125
43) 같은 책, p.78

10. 웃는 사람

44) 움베르토 에코, 『장미의 이름』, 열린책들, 2007,
P.842
45) 만프레트 가이어, 『웃음의 철학』, 글항아리, 2018,
p.89
46) 테리 이글턴, 『유머란 무엇인가』, 문학사상사, 2019,
p.19
47) 같은 책, p.88
48) 같은 책, p.89

49) 같은 책, p.37
50) 앙리 베르그손, 『웃음』, 파이돈, 2022, p.15
51) 김찬호, 『유머니즘』, 문학과 지성사, 2018, p.53

11. 타인의 얼굴

52) 김태형, 『싸우는 심리학』, 서해문집, 2022, p.146
53) 같은 책, p.209
54) 에리히 프롬, 『건전한 사회』, 범우사, 2013 p.77
55) 김태형, 『싸우는 심리학』, 서해문집, 2022, p.304
56) 에리히 프롬, 『사랑의 기술』, 문예출판사, 2006, p.70
57) 엠마누엘 레비나스, 『시간과 타자』, 문예출판사, 1996, p.91
58) 같은 책, p.139

12. 엄마의 글쓰기

59) 버지니아 울프, 『자기만의 방』, 민음사, 2016, p158

질문의 시간

지은이 | 조민경 minkyung2525@naver.com

책을 읽고 글을 쓰고 그림을 그립니다. 일상 속에서 평범하지만 관심을 가지면 무한한 이야기가 펼쳐질 수 있는 소재를 찾는 것을 좋아합니다. 달빛을 받아 생기는 무지개처럼 사람들의 마음속에 잔잔한 울림을 주는 글을 쓰고 싶습니다. 『육아의 가벼움과 무거움』, 『꽃이 온 마음』, 『질문의 시간』을 독립출판 하였습니다.

초판 1쇄 발행 | 2024년 6월 7일
발행처 | 인디펍
발행인 | 민승원

ⓒ조민경 2024

ISBN 979-11-6756-556-3

값 11,000원